野夫，本名郑世平，网名土家野夫。毕业于武汉大学，曾当过警察、囚徒、书商。曾出版历史小说《父亲的战争》、散文集《江上的母亲》（获台北2010国际书展非虚构类图书大奖，是该奖项第一个大陆得主）、散文集《乡关何处》（被新浪网、凤凰网、新华网分别评为2012年年度好书）。散文集《身边的江湖》同期出版。

读
行
者

从阅读走进现实

knowledge-power

knowledge-power

读行者

野夫

/著

1₉80年代的爱情

前世的爱情构成了野夫心中隐秘的骄傲，那是整整一代人的骄傲

湖南文艺出版社
HUNAN LITERATURE AND ART PUBLISHING HOUSE

博集天卷
CS-BOOKY

图书在版编目（CIP）数据

1980年代的爱情 / 野夫著 . —长沙：湖南文艺出版社，
2013.9
ISBN 978-7-5404-6354-0

Ⅰ. ① 1⋯　Ⅱ. ① 野⋯　Ⅲ. ①长篇小说–中国–当代
Ⅳ. ① I247.5

中国版本图书馆 CIP 数据核字（2013）第 179617 号

上架建议：畅销 /长篇小说

1980 年代的爱情

作　　者：野　夫
出 版 人：刘清华
责任编辑：薛　健　刘诗哲
监　　制：于向勇　康　慨
策划编辑：秦　青　郭　群
营销编辑：孙玮婕　刘菲菲
版式设计：李　洁
封面设计：吕彦秋
出版发行：湖南文艺出版社
　　　　　（长沙市雨花区东二环一段 508 号　邮编：410014）
网　　址：www.hnwy.net
印　　刷：北京鹏润伟业印刷有限公司
经　　销：新华书店
开　　本：880mm×1270mm　1/32
字　　数：155 千字
印　　张：5.75
版　　次：2013 年 9 月第 1 版
印　　次：2014 年 8 月第 3 次印刷
书　　号：ISBN 978-7-5404-6354-0
定　　价：32.00 元
（若有质量问题，请致电质量监督电话：010-84409925）

废墟上生长出来的好时光

敬文东

　　土家人野夫是一个传奇式的人物："文革"中当过少年樵夫，"文革"后，上过一所三流大学和一所名牌大学，当过公务员，做过像模像样的警察。身为体制内前途一片光明的干部子弟，后来却被时代风暴吹打成了"牢头狱霸"。在狱中，他奇迹般地和一些狱卒结为朋友，在劳改队导演春晚，并在当年首创犯人图书室。出狱后，他为谋生而成为著名书商，兢兢业业战斗在民间出版发行的渠道。

　　他还干过很多职业，经历过太多江湖生涯。包括我在内的大多数人，与他交往有很长一段时间，只看出他纵酒贪杯，热情豪迈。但都不知道，野夫还是一位非常优秀的诗人和作家——也许，这才是他被遮蔽多时的老本行和旧身位。

新世纪以来，野夫写下了一批力透纸背、光彩夺目的文章——《地主之殇》《组织后的命运》《坟灯》《江上的母亲》《生于末世运偏消》《别梦依稀咒逝川》《革命时期的浪漫》……这些文章旨在通过自己与家族中人或友朋的遭际，揭示曾经的时代是如何摧残宝贵的人性，如何在矢志不渝地蚕食中国人世世代代赖以为生的价值观念。

这是一种惹人深思、让人久久无法释怀的文字，这是一种催人泪下，却只能让读者一个人向隅而泣，并经由暗中的泪水透视惨痛历史的文字。汉语的光芒在野夫笔下得到了恢复，得到了张扬；诚实、诚恳，而又无比节制。但让人惊讶的是，即使在述说惨痛至极、压抑至极的故事，野夫的文字也无比灵动，毫无凝滞之态，有一种风行水上的感觉，顶多是飘逸、向往自由的风被故事拉拽了一下而已。

沉重和土地有关，飘逸则同天空连在一起，这是汉语当仁不让的两个极点。野夫充分展示了汉语的土地特质与天空特质，他的文字是土地与天空按照某种比例的神奇混合。中国的历史太沉重，土地特质因此始终是汉语的焦点；汉语的天空特质则必须受制于它的土地特质，汉语的天空始终是同尘世相混合的天空，是被土地震慑住的天空。

野夫深谙汉语的两极性，而汉语的两极性则为他的写作对象提供了绝好的对称物和衍生物。听命于语言，但更应该听命于情感，尤其是情感中沉重的历史成分：野夫恢复了汉语内部最正派、最高尚的那部分品质，经由这些品质的指引，野夫拯救了一种被官僚体制踩躏了多年的语言。

熟悉野夫传奇生涯的朋友或许都知道，完成于德国科隆的中篇小说《1980年代的爱情》，不过是对一个真实故事有限度的加工、改写和润色。诗人赵野和野夫相交甚深，他在他写野夫的散文中，曾经旁证过与此相关的那个原型。在他看来，现实中的那个女主人公，"虽然岁月沧桑，韶华已逝，眉宇间几分英气尚存"。

1980年代的青涩青年如今已到霜鬓中年；1980年代的初恋如今早已成为回忆的对象：它是那个年代过来人记忆深处的隐痛。辛波丝卡有一个非常好的诗句，无限沧桑尽在其中："我为将新欢视为初恋向旧爱致歉。"沧桑感是时间给予有心人的馈赠品。

野夫在德国科隆访学的不眠之夜，回望遗留在祖国的青春和初恋，仿佛是在回望自己的前世。过来人都愿意承认，1980年代是奇迹，是共和国历史上罕见的清纯时代，是废墟上生长出来的好时光。那时，野夫年轻，爱情更年轻；那时，野夫纯洁，不敢亵渎神圣的爱情。在1980年代，拉手、在夕阳或月光下散步，是爱情的万能公式。蔑视权贵和金钱，崇尚才华和艺术，则是爱情的最低标准。不像现在，一切都需要货币去定义。因此，前世的爱情构成了野夫心中隐秘的骄傲，那也是整整一代人的骄傲。他回望80年代，不知道是为了给今天疗伤，还是为了讽刺今天，或是为了给自己增添活下去的力量？

显然，野夫算不上虚构能人，他仅仅是一位非虚构叙事的大内高手。幸运的是，他的传奇经历本身就是小说，在贫乏无味、缺少故事的我辈眼中，已经是结结实实的虚构。

《1980年代的爱情》之所以感人至深，很有能力挑逗读者的文学味蕾，考验读者的泪腺，仰仗的不是故事情节的复杂（故事情节一点都不复杂），而是野夫对汉语两个极点的巧妙征用：在需要天空特质的时候，他让读者的心绪飘忽起来，沉浸在对初恋的回忆之中，轻柔、感伤和对远方的思念统治了读者。在需要土地特质的时候，他让读者的心情向下沉坠，沉浸在对那段荒诞历史的思考之中，漫无边际的沉重统治了读者；野夫在小说叙事中，对天空特质和土地特质毫不间断地交错使用，按摩着读者的心绪，让他们从头至尾都处于坐过山车的状态，肾上腺素居高不下，配合着、应和着速度加快了二分之一的心跳。

对汉语两极性的重新确认和巧妙使用，是野夫迄今为止全部文学写作的最大特色，是他有别于所有其他中国作家的奥秘之所在。也是他以区区数篇文章和少量小说，就彻底征服许多读者的秘密之所在。放眼中国，或许找不出第二个人会像野夫那样，如此看重和依靠汉语的两极性，甚至是过度开发和使用汉语的两极性。这让他的文字像书法中的魏碑，古拙、奇崛、方正、守中，从表面上看毫不现代，但无限力道却尽在其间，以至于能够寸劲杀人。

《1980年代的爱情》取得的成就溢出了小说的边界，它让读者越过故事，直抵语言的核心部位——让读者欣赏的是语言本身，而不仅仅是过于简单的故事。这让人很自然地联想到钱锺书的《围城》，如果没有语言自身的狂欢、撒野和放纵，《围城》恐怕连三流言情小说都算不上。如果没有魏碑式的语言从旁压阵、助拳，作为小说的《1980年代的爱情》该会多么单薄。和《围城》一样，《1980年代的爱情》也以对语言自身的开采，为自己赢得了应有的地位。

2013年5月8日　北京紫竹院

0.

/

在一个类似京城的城市，午后的茶艺馆萧条而寂寥。

我坐在窗前懒洋洋的阳光下，对座的阴影中坐着一个女人——她像是我的情人或者女友，抑或其他接近暧昧的关系。她的面庞隐居在日光背后，只有性感的声音翻越了那些窗棂构成的光柱，散漫地抚摸着我的耳朵。

她的关心是那种若有若无的问句——你看上去很疲惫，也很阴郁？

我也显得无精打采——嗯，刚从老家山里回来。

她似乎有所暗示，也有些期待地说：这么正式地……约我，有什么事吗？

我欲言又止，嗫嚅着说我想拍一部电影，想请你……帮忙。

她像是听了一个不那么好笑的笑话，莞尔云：你不会也想泡明星了吧？

我苦笑道：这回，咱们正经点，别这么轻浮，好么？

她强装肃然地问：你一个开武馆的，没事拍什么电影啊？这不明摆着居心不良吗？

我有些愠怒，喝口茶忍了下去。那一刻我忽然想起了自己四十多年的生命，仿佛顿悟而开了天眼。我隐约看见那些曾经的日子，像电影胶片那样一格一格地回放。我的胸腔发出一种不像是我的声音，低沉，但是似乎斩钉截铁，既像是自言自语，也像是说给她听——

我想纪念20世纪——唯一一个美好的年代。那段时光留在每个过来人心底里的，是久禁复苏的浪漫人性和绝美的纯情。我们那时在初初开禁的阳光下，去学着真诚善良地相爱，去激情燃烧地争夺我们渴望的生活……最后，那一切，在成长的某个黎明，被辗为尘泥！

如今，在回望的眸中，那曾经存在过的理想和激情，像童话般虚幻而又美丽，像一轮永远无法洇干的泪痕，充满了感伤和怀旧的气息……

　　80年代初，山中的乡镇公路像是结绳记事的麻索，疙疙瘩瘩地蜿蜒在山谷之间。一辆三十八座的旧客车，近乎是一个浑身叮当作响的货郎，费力而又间歇着行走在那山路上。

　　下坡的尽头，是一棵古树，古树的后面隐约看见一些瓦脊——通常这就是一个街口，街身则埋伏在那些曲折的土坡岩石之后。

　　客车沿坡冲下来，很早就开始踩刹车，发出吱呀的怪叫。甚至刹车片被摩擦出黑烟，像一个打屁虫似的连滚带爬地滑下，很臭地弥漫在山路上。但它仍旧准确地停靠在了小街头，最后停稳前一刻的晃动，把车上所有人都摇醒了。

　　我怀抱吉他最先下车，在路边放下吉他。同行的乡民和街头的闲散老少，都好奇地盯着这个奇怪的乐器打量。我从车后爬上车顶的货架，掀开网绳拎起行李跳下来，一脸迷惘地问路，然后迟疑地走向乡公所。沿街的皮匠铺、理发店和端着碗吃饭的大人小孩，都古怪地看着我这个形貌时尚的外乡人。

　　那是1982年的秋天，大学毕业的我，就这样被分配到了一个名叫公母寨的乡镇。

2.

公母寨是鄂西利川县最偏远的一个土家族乡镇。

镇子被铁桶般的高山围住，一条来历不明的河流，嘻嘻哈哈地迤逦在街边。临河的房屋，都是土家人典型的吊脚楼——看上去似乎一半的木楼，都被几个柱子斜撑在河面的石础上。这些老屋年久失修，次第层叠的瓦顶，俯瞰多是歪歪斜斜的，仿佛一群戴着斗笠的醉汉，依偎在一起取暖似的。感觉如果抽掉其中哪一个房子，也许整条街就会像多米诺骨牌一样地连串倒塌。

作为"文革"结束之后，第一批考上大学的应届生，毕业之后却从城里分配到这样一个穷愁潦倒的乡野，我的内心不免郁闷至极。我看见那时的我，扛着和整个乡镇完全不和谐的行李，一副明珠暗投的负气模样，趾高气扬地找到了乡公所——这个画面令我惭愧至今。

乡公所在上街的一个老院子里，除了门口挂着几块木牌，注明了这是基层政府之外，基本看不出来这还是曾经的土司衙门。只有门口蹲着的两个傻大粗的石头狮子，缺胳膊断腿的满身伤痕，提示着这个院子的曾经威仪。

我进去打听，经人指点走向后院深处的党委办公室，给书记递上介绍信。书记先是打量了一下我那一身不合时宜的着装，然后低头看县人事局的介绍信。我略略有些局促不安地王顾左右，不知道我人生的第一位上司，要将我如何发落。

书记看完，起身很稳很重地握手，看似热情地说，欢迎欢迎，小关，你可是来我乡的第一个大学生！人事局早就给我们来电话了，说你是回乡的才子啊。

他回身对门外叫道：老田，那间招待室收拾出来没得？这是新来的宣传干事。

那个被唤作老田的老头，应声从厨房钻出来，搓着手点头哈腰地说：这就到了么？我马上去马上去。

书记略有不豫地嘀咕了一句：早就喊你弄好的，日马又喝麻了忘了吧？

老田也不言语，急忙帮我把行李拿着，走向了后院的一个木楼。我跟书记点点头答谢，就跟着老田来到了我的新家。

房间很小，隐隐有一点霉味，木楼板走着咯吱咯吱作响，就像是和一个哮喘病人在同居。屋里恰好放下一张床、一个桌子和一把椅子。床板上已经铺上了新收的干枯稻草，老田咕哝说刚换的，没有臭虫。他帮我把我带来的棉絮被单等铺好，推开那唯一的狭小的窗户说透透气。我听见了窗外的哗哗声，俯身过去，看见了那条唯一让我顿时感到亲近的无名河流。翡翠般的清波，蠕动在大小不一的卵石上，在阳光下波光粼粼，使生活顿现温软。

老田一看就是那种近乎木讷的老实人，浑身油腻邋遢。后来知道，他是唯一的伙夫，同时还是整个乡公所的杂役，还要负责打扫卫生和看守院落，等等。他面对我这个县里派来的后生干部，依旧有着拘谨和敬畏的表情，微笑里既有传统乡民的质朴，还有一些惶然。

他帮我收拾行李时，不小心一下子碰到了吉他的琴弦，琴声大作，他似乎被吓了一跳。他紧张不安地看着这个不明所以的响器，惶惑得有些不知所措。我那时还有着刚出校门的大学生的傻逼德行，我装模作样地说：没事，这是"给它"。老田疑惑地重复一句——给它？还是不解地苦笑了。他让我先休息休息，一会儿饭好了，再来叫我。

那时的乡公所，办公室内没几个人。乡干部们几乎每天都要下乡。由于辖区在深山老林之中，面积很大，下乡的人通常一走就是几天，不是开大会，很少能见到全镇的干部。

我这个所谓的宣传干事，是一级基层党委必需的配备；实际上没有正事，就是帮领导起草各种文案和讲话报告。顺便还要负责书写横幅标语之类，拿去小街上悬挂。

书记是基层老吏，文化不高，但经验丰富。明显看得出来，他并不喜欢我这种城里来的所谓知识分子。但是，他能立马洞穿我这种城里长大的官宦子弟，是他不必得罪的对象——我既不会是他的权位竞争者，更可能很快调走，甚至未来变身成为他的领导。因此，他对我的工作安排，显得不卑不亢，不像对其他吏员那样，可以经常呵斥臭骂。

他也懒得派我下乡，知道我下去，不仅于事无补，甚至更是农民的负担。于是就叫我守办公室，或者偶尔说，小关，你先看看这几份文件，结合党报的提法，回头起草一个关于"五讲四美三热爱"的动员报告。

我通常起身接过，点头，坐下无聊地看报纸写文件，也无须格外地搭讪找话说。某次内急，我冲进乡公所那没有隔栏的公厕，发现书记正一脸愁苦地蹲在那里，白花花的屁股有些触目惊心。但我不能退出，只能也哗啦一下蹲在边上，喷薄而出。两个大男人屁股几乎挨着屁股，在那儿各自锣鼓喧天地排泄——这情景无论如何都显得有些尴尬。

　　书记真是人情练达的人，为了转移视线，打破这种沉闷且臭气熏天的局面，率先关心起我的私生活——小关啊，你谈朋友没有啊？

　　那时，似乎恋爱这种话题，特别适合在厕所研讨。我憋红了脸嗫嚅说：谈是谈了一个同学，人家在省城，天知道能不能走到一起。

　　书记在艰难挤出了一截便秘之后，断续而语重心长地劝慰我——个人大事嘛，还是要依靠……组织。晚婚晚育好，计划生育很重要。你别看不起我们这个乡镇，呵呵，其实也还是有些好姑娘的，我看街上小学就有一个，可能适合你……

　　我一边道谢，一边赶紧屁滚尿流地起身提裤，落荒而逃。无论如何，和顶头上司如此亲密地裸裎相对，我还是不免尴尬。我甚至担心，我还未婚，他就要动员我结扎。

3.

/

　　乡公所的干部，家都在街上或周边乡里。到了晚上下班之后，院子里只有我和老田住着。也就是说，晚饭只有我和老田自个儿吃。中餐人多，伙食稍有一点油水，晚餐基本就是吃中午的剩菜剩饭。老田寡言少语，每天也确实很累，收拾完就回屋睡觉。他和我虽然熟络了，但基本也不巴结说话。剩下我孤零零地在寂寞空院中弹吉他、看书或打拳。

　　这样的日子一月下来，就不免有些厌烦。好久没收到女朋友的回信，心中更是多了惆怅。周六下班早，干部们都回家团聚了，斜阳还在山头那高悬的寨子上晾着。我在简陋室内，一脸苦相，掐掉烟头，找出一个杯子然后出门。我似乎是想起了老田说过的那个供销社，有酒，还有一个他某次酒后认为配得上我的姑娘。

我让老田准备饭菜，我要他等我回来喝酒。他看我拿着大瓷缸，就说下街头上，拐角处就是供销社，就那一处。那里有散酒卖，苞谷烤的，很纯。

街上的人，渐渐都认识了我这个城里人。和他们的土著对襟服装比，我的"港衫"和直筒小喇叭裤，显得很有些奇装异服。一街的嫂子大婶，往往在我上街的时候，会交头接耳地盯着我看。我端着大瓷缸往供销社走去的路上，似乎全镇都在观望，仿佛我是一个单刀赴死的愣头青，要去挑战一个盘丝洞似的充满了悲壮。

那一刻简直万籁俱寂，我甩落一背的目光，懵然不知地迈向下街。远远看见供销社的简陋门脸，像一个破落户一样横躺在街面上。门洞黢黑，简单的货架，各种蒙尘的日用品，没有一个顾客。似乎对乡民来说，不到万不得已，是不会来此奢侈消费的。

那个传说中的女孩，果然背对着门窈窕着身姿。她正踮着脚，努力伸手从架上取下蒙尘的一瓶白酒，仔细地擦灰。她的麻花辫随着身体的波动而摇摆，她淡蓝碎花的薄薄衬衣陈旧而合体。就算是从背地看，依旧看得出某种气质和态势，使她区别着本地的乡民。

我悄然进门，独自陶然于这样鲜有的背影，生怕惊扰了她的沉静。我又太想立即看见她的面容了，只好紧张地说：同志，打一斤酒。——那个年代，人与人之间，尤其是公家人，都是互称"同志"的。

在我话音之后，她忽然凝伫在那里了。有那么一刻，我感觉她似乎犹豫着不敢回身，像一幅壁画钉在那里了。我手上的表嘀嗒嘀嗒，仿佛和心跳在赛跑一样地轰鸣在那寂静的一刻。多么漫长的一瞬，她挣扎着像从前生转世一样，艰难脱胎地回过头来。四目相对之际，彼此皆一脸惊讶。她如白日见鬼般惊骇，手中的酒瓶落地，一声碎响，空气中弥漫着一种陈年老酒的芬芳和沉醉。一根火柴便能点燃的空间，使得两个人不敢轻易动弹，我们刹那间陷入深深的沉默。片刻之后，我颤抖着发问——

怎么会是你？丽雯！

你怎么会在这里？——转瞬她似乎已恢复沉静，故作淡然地问道。

我尽量克制住激动，说：大学毕业，县里向省里要人，分回来了，在县委，又派到乡下锻炼半年，一个月前刚来。你呢？你怎么也在这里啊？

她有些回避似地说：你住哪儿？

我说我住乡公所。你一直没复读再考吗？

　　她很克制地苦笑了一下，说：山里凉气大，你刚来，多注意冷暖。

　　她边说边去墙角拿出扫帚，回身扫地，并无老同学重逢应有的热情。她似乎毫无惊喜，也无意深谈的漠然样子，令我突然有些失望，失望中还有一点隐隐受伤的疼痛。

　　我只好强装平静，也有些负气地说：谢谢，那给我来瓶酒吧。

　　她温婉地说：你打这散酒吧，山里人自酿的，不上头。

　　我有些不理解地看着她打酒、收钱，找我零钱的时候，她翻遍柜台下的抽屉，咕哝说还差五分钱。我说不要了，没事。她严肃地说那怎么行，然后进里屋去拿出她自己的五分钱给我。我忽然很扫兴也很落寞，无趣地道别，黯然走出了供销社。

4.

/

　　去的时候还是一路斜阳，回来的途中却仿佛遍地泥泞。我端着一缸酒如托铁塔，感觉步履沉重，时走时停，有一些丢魂落魄的恍惚。我似乎还没缓过神来，梦游一般地不敢相信刚才发生的那个邂逅。我隐隐觉得，满街端着碗的人都停止了扒拉，都不怀好意地看着我的铩羽而归，并在背后指指点点地讪笑。

　　这还是那个中学同学丽雯吗？我的暗恋，我的初恋，我从未得到过半分回恋，却始终未曾彻底放下的那个女孩？那个以一分之差，未能和我大学同学的才女，她怎么会在这里出现？高中毕业四年，仿佛暌违了半个世纪，一直音讯杳然的她，何以竟然在我孤独的黄昏再现。她似乎是我生命中必将出现的一个路碑，预设在我的命途中。我绕过了千寻万里，最终还是回到了这块坚硬的石头前；但依旧像往日一样，被她的庄重撞疼了……

我和老田开始对酌。他在火灰里埋下了大把黄豆，黄豆被那些余烬烤熟，会像溪水中的小鱼一般灵性，自动地从热灰里蹦跶出来——然后，我们就一粒一粒捡起来，在手心搓掉灰尘，直接扔进口里下酒。

仲秋的山里，已然烧起了火塘。吊在中梁上的电灯，因为电力不足，像一个火疤眼一样时明时暗。脚下的炭火照亮了我与老田的沉默，但是我的内心依旧还是感到寒凉。我在老田这个老光棍的萧索生活中，窥见了自己青春的落寞。

我问老田为何没有成家，几两下肚后的老田忽然就有了谈兴。

他说他是刚刚平反改正的"右派"。

第一句话就把我镇住了，一个伙夫，竟然是"右派"？我暗自起疑，问他原委。

他说，他在1957年之前，是这个乡镇小学的老师。因为平时喜欢书法，党号召知识分子给国家提意见的时候，多数老师写了意见，都来找他抄写成大字报，贴在学校的墙壁上。后来"反右"运动开始了，学校分了两个"右派"指标，大家都不承认提过意见，县教育局来鉴定笔迹，只好把他打成了"右派"。

他不愿再推诿其他同事，很快被开除了公职，下放农村监督改造，妻子改嫁他乡。等到平反重新落实政策安排工作时，他已经没有教书的能力了，只好安排到乡政府做饭。虽说是下人的劳务，身份却算事业编制，拿的是小学教师的工资。

老田一边喝酒，一边散淡地叙说，像讲述别人的故事一样，早已看不出一点自怨自艾。我很想问——你去打听过你的前妻吗？她去向何方，是否幸福？曾经婚恋过的你，是否还会在心底关心那个在路上走丢了的女人？

但是，我觉得这很残忍。微醺的我取来吉他，胡乱地拨着一些和弦。我说老田，你会唱什么歌？来一曲吧。老田嘿嘿惭愧地笑，露出大黑牙说：不行不行，都忘了。

我曲不成调，特别走神，端起酒杯猛饮，不知不觉就醉倒在那年的初次遭遇里……

5.

/

　我不可能放得下重逢的丽雯。

　即便我已有了一个若即若离的省城女友，我依旧确知
我的内心，还在牵挂这个暗恋过的同学。就算她对我始终冷
遇，我也想读懂她的内心，读懂这个一向冰清玉洁寡言少语
的女孩的冷美。

　中学时代的她，便被男生们背后取名为冷美人。她穿着
朴素，独往独来，很少看见她的笑容。她的脸上似乎一直挂
着一种孤傲，但又不是那种伤人的傲慢。她和男女同学都保
持着一种距离，独自行走在世界的边上。很多时候，她就像
是操场上那只偶然歇翅的鸽子，始终保持着对人的警惕——

你想要走近一点，她就会退开，甚至扇着翅膀飞远。

她成绩原本也很好，经常和我不相上下。但她脸上和眸中天生含着的忧郁和端庄，使得老师一般都不敢点名叫她答问。女同学似乎嫌她孤僻，男同学稍微大胆一点的接近，都会被她不露痕迹地化解和拒斥。

在接下来的日子里，我完全无心工作，每天百无聊赖地翻着文件，睁眼闭眼却都在遥望或想象供销社的那个砖木院落。既然天意般重逢，那我必须走进她的生活，于是只好又在一个温暖的黄昏，端起酒杯向供销社走去。

买酒隐约成了我接近她的唯一理由，哪怕是装醉卖疯，我也想知道她何以来到这里。她不能总是像个谜语，就这样贴在我的门上。我略显畏葸地进店，看见她在俯首编织毛衣——那像是一件快要成型的男人的毛衣，我有些嫉妒和惴惴不安了。

她像是预见或感知到我的闯入一样，抬头瞄一眼，复低头轻声说：来啦?

她的语气不冷不热，既像是熟稔的老友，又像是毫无谈兴的邻人。

我不能表白是去看她的，只能继续找话说：再帮我打半斤，酒不错，很醇。

她似乎不想停下手上的工作，熟练地飞针引线，头也不抬，语气不轻不重但有些怨责地说：你喝得太快了吧！

我解释：这儿真闲，真静，也真无聊！只好喝酒玩。

还是省城好吧！这哪是大学生待的地方！——她放下毛衣起身说，听那语气似乎有些讽刺，她的微笑也显出一点揶揄的味道。

我有些急于解释地说：不，不，你别误解，我不是这个意思。你啥时来这里的啊？你为何也在这儿啊？

她苦笑了一下，平淡地说：我么？母亲死了，接班顶替，到供销系统，自己要求分来的。

她拿起酒提子打酒，收钱，还是无意深谈的样子。她根本没有邀请我进去小坐的意思，也不想回忆同学时光。那个陈旧的柜台，仿佛成了一堵爬满荆棘的土墙。虽然我厚着脸皮也能隔墙喊话，却有种被冷遇和刺伤的不舒服。

她把装满酒的瓷缸，往我面前一推，酒水掀起一点愤怒的波澜，只差酒出去一两。她有点生硬地说：你不要这么喝！

我对其冷淡有些负气了，嘀咕了一句：我不是买吗？

她听出了我的情绪，意外地愣了一下，白了我一眼，转身收拾毛衣，不再搭理我。我看出她那与生俱来的篱笆又已树立，呆立了片刻，只好无趣地离开。出门在路上就喝了几口，忽然有些不服的意思——她凭什么对我这样冷淡啊？我没伤害过她啊？我想转身回去找她掰扯个道理，走了几步忽然觉得自己的没劲，只好又回头了。

路上遇见下乡回来的书记，他见我红着脸端着酒杯，委婉批评说：小关啊，不习惯乡下的清苦吧？人还年轻啊，少喝酒，别伤了身体，再说也要适当注意影响，工作为重嘛！

我正在郁闷中，有些恼火地说：书记，我没酒后失德吧！

书记听出我的腔调，拍拍我的肩膀，大气地迈大步先走了。

书中风景

6.

/

　　我是上初中的时候，才从乡下转学来到县城一中的。

　　刚报到的那天，上课铃响了，所有的同学都按过去的座位坐好，只有我这个中途插班来的，老师还没来得及编排座位。我羞涩地站在后面不知所措，就看见倒数第二排有个空座位，于是自个儿就跑去坐下了，旁边还有个同桌的位置也是空着的。

　　班主任见我自己找好座位，也就没再安排，只说还有个女同学请假了，正好就是我的同桌。那时候男女必须同桌，而且互相绝不讲话。桌子上都划有楚河汉界，谁也不能侵占谁的地盘。我不知道我的同桌是怎样的女孩，一直隐隐期待她的出现。

突然有一天，我的身边就多了她——丽雯。我坐靠走道的位置，她的进出必须要我站起让位。她总是羞涩地低语两个字——劳驾。这一稀罕的礼数，在当时的同学中并不常见。那时，她已经很美很美了，我能看出班上的多数男生，都会隔着操场远远地暗恋她。

她的来去都翩若惊鸿，每一次穿过我的座位，都要留下一点雪花膏的芬芳——我甚至能闻出，是那种百雀羚牌的味道，有一丝丝清甜。我们遵守班上的习俗，彼此从不对话。但是，我们和其他同桌的男女生绝不相同的是——我们一直暗暗地帮助着对方。比如我的笔要是掉地上了，她会无声地帮忙捡起来递给我，我们会对望一眼低头，含蓄地表达谢意。她没听清楚老师布置的作业，我会自言自语地重复给她听，眼睛却看着别处。

之后不久，打倒"四人帮"了，"文革"结束，高考即将恢复。我们在高中突然面临要分文科理科班，我毫无疑问地选择了文科，而她一直还在犹豫。我不断高声地告诉其他哥们儿我的选择，内心却是希望说给她听，暗怀渴望她也能追随我的选择。

她没有告诉任何人，她的理科成绩明显好于文科，但是最终她却坐到了文科班的教室。我隐隐觉得她就是为我做出的抉择，我的眼中满含谢意，她却总是毫不理会。

很明显，我为了买酒接近她，而加大了自己的酒量。我隔三岔五地故意出现，有时干脆故意不和她说话，把瓷缸往柜台上一搁，装酒交钱走人，似乎是要生气给她看。她永远不喜不悲、不卑不亢地应对着我的到访。她的冷静加深了对我的伤害，我憋着一股莫名其妙的火焰，特别渴望一场发作。

又是黄昏再现，她怅然地准备关闭店门，若有所思之际，一脸不快的我闯进她的视线。

我生硬地进去，说再打半斤酒吧！

她冷静地观察着什么，拿着竹提子慢慢斟酒。我接过倚在柜台边，故意有些挑衅地猛喝一口。她侧脸挂着少有的冷笑，我顿时觉得口感不对；又品一口，然后喷吐于地。我指责说你这酒怎么越喝越淡，度数完全不对了啊！

她似笑非笑地说：放久了，敞气了，当然没味道。

我高声嚷道：瞎说，酒越陈越好，你是不是掺水了？你怎么能这么做呢？你自己尝尝！

她盯了我一眼，咬着樱唇沉默不理，转身要去扫地。

我终于按捺不住，有些咬牙切齿地说：你，我怎么了你，你要对我这样？一街的人，我就只认得你这个朋友，天天惦记着来看看你，你至于要这么做吗？

我激动而结巴的谴责，非但没有激怒她，反而让她难得地笑道：酒，我是掺了水……

这是何必呢？你怎么能卖假酒呢？——我一脸惊讶地质问。

她继续苦笑道：这坛酒就是为你备的，只卖你一人。

你凭什么要对我掺水呢？——我还是不解地质问。

她忽然脸色很难看，第一次看见她柳眉倒竖地说：我……我不愿看到你这副样子。哼哼，以酒浇愁，就你怀才不遇，明珠暗投了？这一乡还生活着多少缺衣少食的山民，你这乡官知道么？你为他们做了什么？宣传了吗？呼吁过吗？中学时，你还知道奋斗，要考出大山，要成就大业，敢情上大学就学会了喝酒？刚遇一点不顺就怨天尤人，就自我麻醉，都像你，这些农民就不活了？是的，我卖假酒了，钱退给你，你去告吧！我这才是多管闲事呢！

她说着就拉开抽屉要退钱，我急忙拦住她。我被骂得目瞪口呆，忽然意识到她对我原来心存关爱，又顿觉喜悦和感动，急忙道歉说：我……误会了，对……对不起你。

我有些忘情地抓着她的一只手制止退钱，她瞪着我，看我一脸尴尬和着急，似乎她眼中的阴云又渐渐散去。她冷静而又不失礼貌地抽回手臂，最后看着傻眼的我，一字一字地低声说——你只要对得起你自己就行。

7.

/

那夜，我初次被邀坐进了她简陋而不失女性色彩的卧室。一架吵完，两人明显多了一点亲近，开始有点像真正的老同学一样，说一些彼此熟悉的话题了。但我还是有些局促不安，喝茶聊天，小心翼翼地打探着她的生活。

我想起那年的高考，问她：你只差一分，复读再考肯定能行，你为什么放弃呢？

她撇嘴一笑说：一分，这就叫命。高考时，我父亲作为"文革"中的"三种人"，正被隔离审查，我就算考上，政审也难以通过。后来，母亲去世，父亲被发配到这里务农改造。我只好接班工作，我能放下老病的父亲再去复读上学么?

　　我也多少知道一点她家当年的情况,我们那时的高考也确实还有严格的政审。家庭出身不好的孩子,即便考上大学也不予录取。我感叹:唉,你爸可是县里当年闻名的笔杆子啊,老大学生,对吧?

　　她叹息一声说:才子!一生就为才名所误,被才名所毁了!

　　我努力想要安慰地说:你要活得开朗一些,一切都会好起来的。

　　她撇嘴笑道:我开朗得很,哪像有些人成天借酒浇愁啊。

　　我听出了她的微讽,不好意思地打岔说:喂,啥时我们下去看看你爸吧?他在哪个队啊?

　　她说我刚去过,下个星期天吧,他知道你分来了。

　　我有些喜形于色地问:你告诉他的?

　　她意识到什么,忽然沉默,然后说天晚了,我送你走吧!

　　我们两人起身出门,她又返回货架上取下一个电筒装上电池,强递给我说:小街没灯,照着走,别摔着了,记得明天带回来,那是商品。

　　我拦住不要她送,玩笑说:干脆强卖给我算了。

我们终于难得爽朗地笑了起来，笑声第一次回荡在小镇的街上。

那个夜晚，我回到乡政府院子喜形于色，仿佛回到了初恋岁月。我拿起吉他独自反复弹奏《致爱丽丝》《爱情的故事》等缠绵悱恻的曲子，自己把自己感动得一塌糊涂。

我知道她是关心我的，她貌似冰冷的面容之下，一直隐藏着天赋的温良。但是这种关心，究竟是出于同学之谊，还是另有爱心，这确实是我难以把握的。但不管怎么说，至少我们之间的坚冰开始打破，我初次感觉到春水日渐潺湲。在那冰面一般纯净的皮肤下，我们的血脉都还保持着应有的温度。在那远山深处，云遮雾罩之中我窥见了花枝悄放。

我在大学恋爱的那个同学，不能说没有爱情。但这种校园爱情，往往被毕业分配所打破。更重要的是，我一直没在那个女生身上，找到丽雯在高中就已带给了我的激动。眼前命运的奇特组合，又把她推到了我的身边，我忽然开始确认自己的内心，原来一直没有忘怀过她。

但是，她对我究竟是怎样的情感，我一时还不敢深问，生怕一丝划痕，就粉碎了这个青瓷。我试问自己，在省城那个女友和乡下的这个售货员之间，究竟想要选择谁？如果后者愿意，我觉得我一定愿意从此留下，宁肯影随俪从，终老是乡。

8

那个下午，她忽然不请自来地出现在了乡公所的院子里。

书记和一些干部都认识她，纷纷打趣她。她大大方方地说：我来帮老同学洗洗被子。

一些人就坏笑，我有些不好意思，更有些暗怀得意地带她上楼。她进屋就拆被子的针线，我不知所措地立于侧。她像个母亲一样唠叨：再不洗都长虱子了。哼，大学生，就这个样？四年还没学会独立生活？喂，在学校谁帮你缝洗啊？

我不想隐瞒她，迟疑说：女朋友。

我有些局促不安，她立刻敏感察觉，调侃道：一定是美女加才女，还会家务，你好福气。

我说那也谈不上，班里女生少，追的人多，碰上她追我，觉得虚荣，就好上了。

她似乎有心无意地随便问：她留省城了？

我说嗯，就当地人。

她平静地说：那你还得努力考研究生回去，别让人久等，莫天天消沉就忘了学业。再说你也不是适合当个乡干部的人，你只是个过客，外面的世界才有你飞翔的空间。

言及此，彼此略觉伤感，她忽然就打住了。

我似乎想要表白什么似的，故意轻松说：考不回去就散呗，人各天涯，又能如何？

她闻言突显愠怒，低声严词说：爱一场就这么轻松？你不觉得轻薄啊？

我自知失言，张口结舌说：我……我，嗨！我该说什么才好呢？

她白了我一眼，抱起拆散的被窝，朝河边走去。

黄昏时分，在河岸巨石上，她在阳光下收拾被单，掸打棉絮，为我缝被子，我坐在一侧信手打水漂，含情脉脉地观察她像一个妻子一般的贤惠。

她一针一线地缝好，用牙齿咬断线头，叮嘱：入秋了，天凉，被子多拿出来晒晒，去去潮，睡着就能闻到阳光的香味。

我惊讶地说：阳光的香味，哎呀，你这是诗句呀！其实我一直为你惋惜，那时你可是我们班真正的才女加美女，怎么着看你现在，都让我心痛！

她正颜反问：我现在怎么了，不读大学就活不好呀？

我不敢戳到她的痛楚，讨好地说也好，我不说了，别生气，我只喜欢你的笑脸，你难得一笑，一笑就特别妩媚。是真美，特有回味的美，就像这山这水，刚来时觉得冷酷，处久了竟越看越有滋味，有大美而不言。

她莞尔笑曰：又臭胡乱比，你酸不酸啊？

看见她夕阳下的笑容，我内心涌起万千暖意。我忽然想要试探她的真实情感，我渴望我的暗恋，能够最终在她这里得到确认。那时，我是狂热的诗歌青年，我一直在默默的夜晚写诗，其中很多都是为她吟咏。当然，那个青涩年代的所谓诗，一样是单纯直白毫无深意，如同我们未经苦难历练的单薄青春一样寡淡。

我试探说：我给你读一首诗吧。

她似听非听，低头折叠被子，旁顾不语。我鼓起勇气开始对着河水背诵——

几乎没有预约便已走来
四月的芳草正沿河铺开
几乎没有笑过就要离去
任眼泪随河水漫过心怀

几乎不曾相识便开始表白
五月的落花正逐水徘徊
几乎不曾暗示便默然相许
如漫漫长夜点燃一盏灯台

几乎未能吻别便开始等待
六月的晚风吹清露满腮
几乎未能道破便成了隐谜
被岁月在心底深深掩埋

那一个字说了等于没说
那一个字不说如同说了出来……

朗诵完毕，我有所期待地望着她问：喜欢吗？

她不敢看我，极力克制地说：不懂，不懂你们这些新诗！

我有些失望，沉吟想要表白什么，她却急急忙忙抱着我的被子，朝河岸上爬去。

9.

/

公母寨之得名，是源于周边的高山顶上，有两个拔地而起的独立孤峰，四面绝壁。高者如阳具，低者似乳峰，于是乡人分别名之曰公寨和母寨。似乎每个寨子都住有人家，上下都须攀缘数千级石梯。丽雯的父亲被惩罚性地下放到公寨务农，这个周日，我说好要和她一起去那里探亲。

那时的乡镇供销社，是乡下唯一的商品交流处。她说寨子上的山胞很难下山购物，每次她都要挑一担日用品上去，顺便为乡民服务。山间小路陡峭难行，我不时帮她轮换挑着货担，开始真正体验她父女流落在此的艰辛。

我的脚力竟然不能和她相比，走一程她就要说歇歇吧，大学生！

我看着她已经很熟练地像个农妇一样，闪着扁担娉婷于山路上，内心涌出万千疼痛。我抢过货担艰难前行，感叹：真是苦了你，你爸怎样，他还好吧！

她说乡民淳朴，不关心政治，倒很关照他。换个肩，我来！

她执意夺回担子，扛在肩上继续前行，步履也不免随着坡度而踉跄。我知道她不愿劳伤着我，尽量要自己多承担那重负。我呆望其艰辛背影，随着扁担一闪一闪地慢慢爬行在那古老的山路上，鼻根忽觉酸涩。我一个大男人都难以承受的重压，却被她这样一个曾经娇弱的小女子全扛上了肩膀。

她的父亲独居于山顶一个草棚似的蜗居里，四壁萧然。与一般农户唯一不同的是，室内干干净净，床头上还有一摞古书。这个50年代的大学生，曾经在县委办工作。"文革"中站错了队，"文革"结束之后便遭到了时代的报复。老人已经活脱脱像一个老农了，看见我来，却依旧礼数周到地泡茶寒暄，身上显出的还是另外一种儒雅的气质。

丽雯帮父亲做好饭菜，让我陪老人小酌。她自己赶紧吃完，又去帮老人担水洗衣忙碌。火塘上烧着树根，火苗和烟雾闪烁在我们脸上。我与老人对酌聊天，闲言碎语之后，我很想弄清楚他那一代知识分子，为什么会在"文革"中卷入路线斗争。

他皱眉说：事实上，原本是一场针对官僚体制的斗争，后来一旦变成群众运动，便会酿成普遍的灾难。这，也许便是我们那一代人的悲剧。

我谨慎地问：您在运动之初，并未看清这场革命的走向或结果？

他沉吟说没有。坦率地说，任何事物的发展都有其内在规律，并不以人的意志为转移，当人被这种内在规律裹挟而前时，人已经失去方向且无法掌控它的趋势。这就是历史。

我说嗯，我能理解您说的意思。

老人接着说：比如你的父亲，我也认识他，我知道他是一个实干家，是这个国家基层结构中的一个好官员。在你眼中，他没有任何恶行。但他那时同样不能逃避群众的围攻和批斗，这是为什么呢？其实，他不过是在分担人们几十年来积埋的对官僚集团的怨气。

我说对，小时候，当一些造反派冲进我家时，我曾经非常仇恨，当然也非常害怕。但后来读大学，同学中有不少人皆是当年的老三届红卫兵，与他们交往，我才发现，他们更多像是一代理想主义者。他们的错误不过是激进了，且以为他们便能改良一个社会。

老人对我的说法有些惊异，点头说嗯，你很有悟性，关于这场悲剧，我以及许多人，都在为此承担后果。也好，在惩罚中反思，使我更能清晰地看到历史的本质。这个国家需要拨乱反正，但每一代年轻人都会有其青春的狂怒，都可能会在某一时刻轻身躁进，以最好的动机去换来最坏的结果。

我问这是不是说，每一点进步都要付出惨痛的代价，社会整体似乎向前发展了，而个体生命却要在历史车轮下化为血泥？

老人苦笑道：你确实不错，很有悟性。我大约了解你的家庭，也看过你写的一些东西。

我侧视雯一眼，我估计是她转给的。她低头脸红不语。

老人接着说：应该说，你有非常好的资质，是我在这个偏远边城看到过的最有潜力的青年。这大巴山封住了许多人的梦想，凡不能出山的人，最终将归于庸碌。湘西因沈从文先生而得名，在我看来，你如不能让你的故乡因你而荣耀的话，你会愧对这块土地。我从你的一些诗中，读出了一些早熟的思想，但也读出了一些颓废的东西。年轻人，你的生活才刚刚开始，呻病吟愁不说是故作苦痛，至少也会影响情志，这并非好事啊！

我脸红紧张地说：谢谢叔叔指教。

丽雯在一边打断说：爸，您别说了，人家还是客呢！

我急忙说没事没事，我很想听听前辈的指教。

老人笑道，好，不说这些了，但愿老朽这些话，能让你有所受用。

山中小屋

10.

/

　　我与丽雯的关系明显开始走近，但在80年代之初，真正的爱情表白，却像赴汤蹈火一般的艰难。我们这种同学关系，一旦挑破而得不到对方的允诺，势必连朋友都很难平和相处，多数会渐行渐远——敏感脆弱的心灵尚无法学会面对拒绝。对眼前这种温暖和亲近的珍惜，使得我们小心翼翼地回护着这种若即若离。生怕爱情的弦索一旦绷紧，最后却拉断了原本可以织好的情网。

　　我们的往来开始密切，从上街到下街，千多米的距离，仿佛成了我们命运的跑道。我努力地奔跑在这条似乎漫长的路上，渴望每天飞翔抵达她的星空。在这个萧条的边镇，在这个萧条的时代，我与她守着这样一份世外的安详，一时间竟有相依为命的怜惜。

整个小镇，只有我们这两个来自县城的青年。她是早已融进了这个山乡的好人，百姓感于她几年的谦和与周到，对她一直心怀礼敬。看见我们时常出双入对，总要拿淳朴的言语表示恭贺和祝福。每到这时，于我则是窃喜，而她，既不解释，也不表示接受了这样的乱点鸳鸯。我偷看着她那不可捉摸的神情，依旧显得忐忑不安。

周日休息，我在河畔沙滩上铺着点心水果，弹着吉他与向河而坐的她野餐。这样的画面在当年的深山古寨，就是一道世外风景，几乎满街吊脚楼上，都挂着好奇和艳羡的眼睛。青山就在环顾之中，碧水则在赤脚下轻淌。小街的上空有一层氤氲烟岚，远村外可见野烧的火痕。河水和风声都像是巨大的和声，我一曲奏完，问她，好听吗？

她说这曲子听着有些哀伤，换一支吧！

我也想借机表达，就说我给你弹唱一曲吧！

于是我唱外国的一支民歌——

多幸福，和你在一起，
直到生命结束也不能忘记你。
你就是幸福，

我要把这欢乐秘密埋藏心底。

你的心儿永远和我联系在一起，

你的……

　　我忽然看见她的背影在抽泣，我止住琴声，放下吉他，畏葸地将手搭上她的肩膀问：你怎么哭了？

　　她轻微地侧身，自然地让我的手滑落下来。她低语没什么。鼻音很重，带着哽咽。

　　我只能转移话题，安慰说：我觉得你爸很了不起呢。一个人，宠辱不惊，活到这境界，高人！

　　她苦笑道：哼，其实他内心苦着呢！

　　我试探问道：你的内心，是不是也很苦啊？你愿意……

　　她马上淡然一笑，打断我的话，说：没有啊，你看这么好的山水，我能守着爸爸，比在城里那些日子，要快乐多了啊。

　　我再次语塞，她总能像一条聪明的鱼一样，轻巧地滑出我的手缝。每每玩到夜里，我都要送她到供销社门前，她亦不会再邀请我入内，我们就在门前告别，挥手依依，满臂都流淌着凛冽月光。

11.

留在省城的恋人叫小雅。

那是真正有过初吻的恋人。在那个年代，也仅限于拥抱和热吻了。人生初次，不能说没有真爱，只是那种爱里面，少了一些疼痛感。又或者说就像古代的定亲，男才女貌门当户对，没什么可以挑剔，但缺乏一些意外和来历。

她是团干部，我是坏同学，本来是要奉命动员我入团，结果却被我拉下了水。在一般人看来，符合世俗美满的一些条件，但在各自的价值观方面，却又天生有些出入。她对组织的信托，和我对社会的叛逆，构成了一对冤家关系。老师警告她说这个恋爱走不长，当时在学校，我则更要为此赌气，只为打破那些教师的预言。

就这样，我们开始好上了。好上了是一般人对恋爱的定义，但在我看来，这是一种近乎于谈婚论嫁的暧昧关系。我理解的爱情，似乎要有些惊心动魄伤筋动骨的东西。如果没有痛感，而只有快感，那就是成年人的一种两性关系而已。

小雅是一个理性的女人，对于毕业分配时，学校对我故意的放逐还乡，她是有些失落和不满的。她对出双入对献花送礼的爱情礼仪，有一种痴迷。在她的潜意识里，爱情是需要表演给别人看的。两个人衣冠楚楚地挽臂漫步，远比床上的耳鬓厮磨和异地的望穿秋水，更像是完美的爱情。回乡的我，远隔千山之后，仔细反思我与她的情感，总觉得有些若有若无。似乎食之无味，但又弃之可惜。

那天回到乡公所，老田给我一封信，是小雅从省城寄来的。

她在信中说——我深知小别能加剧思念，但太过漫长的分离则会冲淡感情，因为爱是需要共同的时间和空间来一起构筑的。因此，我特别希望你不要融化在你故乡的山水中，而淡忘了我的存在。我需要你重新考出山来，我相信你只要稍加用功就会考回省城的，你不要让我绝望地一直等下去……

这封信的意思，你还不能说她不是充满柔情。只是这样的温柔逼迫，对我这种天性懒散和叛逆的人来说，有些看出那未尽的警告。我将信揉搓一团，扔之于地，呆立窗前，远望小街一角。思忖良久，复又捡起信团，仔细展开，用茶杯熨平，装入信封放于屉中。我深深知道，某一天她是可能会要检查这些情书的下落的。

我的情绪忽然有些沮丧。我不知道该何去何从，我似乎为我的内心找到了本然的归宿，并可以为此放弃一切功名利禄，以及喧嚣都市的浮华生活。但又无法确知，这仅仅是我的一厢情愿？抑或是孤独中的感动、困境下的垂悯？

我与丽雯的邂逅重逢，显然打乱了我的既定生活。我开始逼视自己的内心，发现她依旧是我至真至纯的初恋。我仍旧想拥她在怀，但又深恐我的冒失，会唐突她的圣洁。然而如果我不努力，不去捅穿那一层窗纸，与她就此失之交臂，也许我便失去了一切一切……

我穿过月色仿佛看见，她在卧室心烦意乱地编织毛衣。忽然发现织错了，又拆线卷团，忽然线团滚落床下，她起身拭图拉出线团，结果线越扯越长，线团就是不出来。她生气地扔下毛衣，对镜解开发辫，梳了又编，编了又解，变换着发型。我恍惚看见镜子中忽然幻现出一个新娘的装束，掀起盖头，看见一张凝满泪水的眼睛。我又从她的眼中仿佛看见一抬娶亲的空轿，正于凄凉的唢呐声中在山路上远去……

我今早去叫她时，在她枕头下偷偷放进了一首诗。这时，我仿佛看见她终于从枕下翻出了那一纸诗笺，展开细读，泪水滴于纸上……

亲爱的，请给我一个家
一座厝放游魂的灵塔
不会坍塌的床，对着湖山如画
悠闲的晚餐是无尽的情话

像驱寒的一盏温酒，微醉的憨傻
像冲不淡的回忆，柔情的茶
像常青藤的手臂，拥着春天开花
像旷野的篝火，燃尽流浪人的倦乏

只给我一句许诺一声回答
就跟你相誓，牵手走遍天涯……

我似乎感到她忽然掩面抽泣不已，我对这样的幻象，也猛然泪下青衫了。

12.

我与她迎来送往的身影，渐渐成为小镇上的一道街景。

在乡公所的办公室，书记终于听见了那些窃窃耳语。他语重心长地找我闲话，问我年龄，最后非常关怀地说：还很年轻嘛，有件事我不知该不该说，刚参加工作，个人问题还是要慎重的。很多事情，组织上都会为你们考虑！

我说谢谢，不用吧！

书记说：我听说你与供销社的小成在谈朋友，小成嘛，人还是不错的，但她家庭背景太复杂，她的父亲在我乡属于监管对象，这会影响你的政治前途的。

我说书记，谢谢你的关心，我与小成是高中同学，目前也仅止于此。未来嘛，也许我想娶她，她也不会嫁给我；因此你不必担心。至于她父亲，在我眼中，只是一个站错了队的书生，他是我的父辈，就像我的父亲，从前也曾被监管过，这并不说明什么。

书记立即纠正说：你父亲，那是受"四人帮"迫害啊！可不能这么说。年轻人要有立场啊！

我的父亲是随"四野"前来接管这个县的土改干部。曾经参与剿匪，并建立新政权。之后，和平建设时期，他成为了本县最早的工业官员。但是到了"文革"，他必须和他的多数同僚一起，承担民间社会对此前各种运动的积怨。于是，他被打倒，被批判为走资派，被游街批斗甚至肉刑。而那时，丽雯的父亲正好是造反派中的骨干。

他们属于不同的阵营，但是并没有直接的冲突。而且在"文革"中最为可笑的是，两个生死对立的派别，却都是打着同一面旗帜——坚决捍卫毛主席。

"文革"中，我的父亲被监管。"文革"后，她的父亲被监管。两个看上去坚定拥护共产党、毛主席的人，都似乎始终没有弄清楚，他们究竟是被谁在监管和迫害。但是，这个世道却是，谁眼前被监管那就歧视谁。于是，我这个曾经的狗崽子，现在却要被组织关心——劝告我不要错误联姻而影

响前程。组织似乎无所不在，而且看似以最大的善意，站在我
父亲的立场上，要来干预我和丽雯的交往。

事实上，没有谁能阻断我的黄昏之约。我依旧下班后去
带她到河边索桥上，晃晃悠悠地打发我们的奢侈时光。斜阳
中的那两座孤峰压迫着我们的峡谷，其中一座则居住着她的
父亲。山峰是那样孤绝，垂直千仞，却高不可攀地遥远在我
们的目光尽头。

她问我：知道这两座山名吗？

我笑道一座叫寨公山，一座叫寨母山，合称公母寨。

那你知道它们的传说么？

这个我没想过，只好说不知道。

她说，据本地人说，两个寨子原先各自生活着一个家
族，世代通婚，友好和睦，后来因为争水，又连年械斗，互
不通婚，便渐渐人丁衰落了。现在只剩下寨公山尚有一支
人，寨母山则只剩下一座孤峰了！

我感叹，爱恨情仇，真是一念之间的事情！

山岚昏沉，暮烟缭绕，黄昏的河水也开始朦胧了。我想
起厨师老田，每天都要在河里布下一张拦河网，清晨则去收
网，往往能捞到几条挂在网上的小鱼。我提议我们一起去收
网试试，丽雯忽然开心地咯咯笑了；于是，我们卷起裤腿朝

河水走去。

河水清浅，我们蹚水在河里，各自从两岸向中间靠拢，手里还慢慢揭起那一张拦河细网。网眼中可见几条小鱼扑腾，我一边摘下鱼装入袋中，一边嬉笑。她却把摘下的鱼扔进了水中。

她嘀咕这条太小了，扔回河中吧，它还没尝到生活呢！

我走近了她，低声含蓄地问道：你这条鱼太大了。我怎么才能网住呢？

她反唇相讥说：那我该成为你刀俎上的鱼肉了！

说完我们脸红一笑，忽然自知失言，打住不语，她更是略显局促不安了。

我们又分开把网重新拉直布置在河腰，河水暂时隔断了我们，各自站在彼岸，就像隔着一个今生。我呆呆地看着她洗脚，重新穿上鞋袜。我想起古老的《诗经》——所谓伊人，在水一方。心中忽然涌出万千惆怅……

/

13

夜色如期而至，我们回到她那狭窄却不失温馨的卧室，开始我们青春荒年中的晚餐。

她把火盆点燃，红泥黑炭，照亮了寒山中的落寞。她在炉上煨鱼汤，做饭菜，我呆看其身影娉婷，利索地打点着那些青葱白蒜。

还有什么比这样的画面，更让人渴望生活呢？——我想起凡·高某个黄昏的感叹。

她对我的感叹撇嘴一笑，微讽说：你是渴望鱼汤吧！

我深知她总是在化解我的暗示，躲躲闪闪地不接我的话题。只好解嘲地说：鱼，我之所欲也。

她智慧地调侃道：下一句，你可别说出来了啊。

我有些尴尬，也意识到不妥，急忙打住说：你做的真香啊。

她搅和着鱼汤，温婉地劝我：临渊羡鱼，莫若退而结网。我看你还是该重新再考个研究生了，出去吧，这儿不是你久居之地。

我苦笑叹息：那可是临渊履薄啊。呃，我们怎么像在打禅语呀！

她会心一笑，开始盛上饭菜。

饭罢，她把桌上小炉中的余炭倒在火盆里，又加了一点炭，房间更加暖和了。整个小镇的灯火相继熄灭，只剩下几只村犬偶尔在外面传来低吠。

她低语，秋深了，夜气寒，烤烤火吧！

外面划过几道闪电，渐雨起来。她的窗外是供销社的后院，种植着一些药材和闲花。雨水打在那些叶面上，窸窸窣窣地如歌如泣，更衬托出屋里的静寂了。

又是一年秋将尽，听风听雨到天明。我想起我曾经的诗句。

她打趣说，你是不是又多愁善感了，诗人！

我说这小半年，真是让我懂得了许多！感觉自己忽然就长大了似的。

她嗔笑说，你还记得初中时，咱俩同桌，你画线而治吗？其实你那时真坏！

我坏吗？那时男同学都这样，我敢不表明立场么？

她托腮仰头想想说，嗯，比起来，你也不算太坏。

我故意挑逗说，那你记得我一点好么？

哪知道她忽然严肃起来，低语感叹记得。

我其实自己真不知道，急忙追问哪一点。

她转眼又支吾其词说：反正有，只是忘了。

我笑道：记得又忘了，这是什么逻辑？你就好歹表扬我一回嘛！

她忽然低头脸红地说：那是打倒"四人帮"后，学校组织我们参加批斗我爸的大会，同学们都使劲喊打倒我爸的口号，并盯着我看。只有你，只跟着举手臂，却不喊，我知道你心善，当时我挺感动的。

我有些惊异，本来忘记了，她这一说我又想起，确有这么一件事。

我说哟，你还注意到了！我不过怕看你的泪眼而已。没想到你还记得，这其实不算什么好，只不过不算太坏而已，我倒记得你对我的好……

我对你有什么好？乱说！——她忽然有些娇羞地说。

我有点涎皮涎脸地说：有个月到农场学农，你分在厨房，每次我去领热水洗，你都多给我一瓢，那时规定一人只许领一瓢，男同学背地里都笑话我了，说"蝴蝶迷枪下有私"。

蝴蝶迷这句话，出自于小说《林海雪原》，蝴蝶迷是其中一个美丽女匪。我们那个年代的孩子，都熟悉这句话的调侃意味。

她装作有些恼怒地娇嗔：你们这些男生尽胡说，是你自己死乞白赖不肯走，举着盆子乱喊什么"大姐，行行好，赏一口吧"，从小你就坏透了。再说，人人都劳动，就数你最脏，一瓢水还不洗成泥巴糊！

我嘿嘿笑道：滴水之恩，都当涌泉相报，这一瓢水又该如何报呢？

她可能又意识到我的挑衅，打断说：嗨，不说这些旧事了，那时真是少不更事。

窗外雨声渐密，一声雷响之后忽然断电，房里沉入黑暗，只有盆中炭火犹有余光，依稀照见两人红扑扑的脸庞。

两人的言笑戛然而止，黑暗的突然降临，使我们陷入了猝不及防的尴尬，不知说什么才能挽此僵局。我的手在颤抖，有些蠢蠢欲动，希望借此夜色的掩护将她拉入怀中，错过此刻我也许永无勇气。

她隐然感觉将有什么要发生，她努力试图控制住自己的紧张，但又似乎期待着那难以抵御的诱惑。暴动正在酝酿之中，我想抓住什么，又不敢贸然行事，我怕拒绝之后的难堪，我并不知一切发生之后的结局。

于是，我嗫嚅着再次试探，我自己都感到了自己的颤抖，干渴结巴的声音忽然那么充满欲望，但又那么做贼心虚。我低声问：丽雯，高二时，我曾在你书包里放过一封信，你读过吗？你至今都不想回答吗？

她的内心仿佛正经历着垂死挣扎，她几乎无力阻挡某个事件的发生，但又不敢鼓励其发生。因为她看不见未来，只能掐熄内心的火焰。她似乎深知她此刻的话将决定什么，只能颤颤巍巍地说：是吗？我……我没收到过，也许弄丢了吧！

我好不容易鼓起的勇气，再也不想放弃，我继续逼问：那你现在想知道我写过什么吗？

她沉默，不敢看我的眼睛；盆火映衬着她的桃腮，也掩饰了她的局促。她的呼吸有些断断续续，酥胸在火光下青蛙一般地鼓动起伏。半晌，她微弱得几乎听不见地说：时过境迁，都长大了，懵懂往事，不知道也罢。

屋里空气再次凝固，风雨敲窗，我眼中的火光渐趋阴暗。我低头不语，伤感地看着手纹，似乎希望从中读出命运。但我还是想在这个雨夜突围，我宁愿让这个夜晚决定我的今生，而不想让理性来决定这个夜晚。我再次绝望地拭探她：断电了，要点灯吗？

她颤抖着说：有火光，我看得见你！

我又不知所措，猜不透她的心思——这是要鼓励我的莽撞，还是想平息我的爱火呢？

我嗫嚅道：那……那……不点也罢。

我们时而沉默对视，马上又闪避目光，我们深知什么珍贵的机会正从手中滑落。我的手指在掌上跳动，跃跃欲试，特别狂躁地渴望越过火焰，伸向黑暗深处，把她从虚空中捞回。我情愿她像那条小鱼一样在我的手中挣扎，我相信只要抓住，她就再也逃不出我的指缝。可是，她在我心中又太尊贵，尊贵到了我不敢有一点轻亵的念头。我生怕即使是一点点勉强，就足以粉碎我们之间那纯净的情意。

我们就这样围火对峙着，抵死的沉默，倾听着窗外的冷雨。这些来来去去的雨啊，总有些时代是我们所挽留不住的。木炭在自焚中消殒颜色，火光暗淡下来，甚至垮塌下去，发出微弱而响亮的崩溃声。她拿起火钳的手，一样的颤颤巍巍如衰朽残年的老妇；她几次试探着要去重新拨亮那些炭火，重新堆砌那些热烈，但似乎又生怕从此引燃屋里的呼吸和空气。就这样，我们僵持在我们一尘不染的纯净里……

半夜就像度尽了我们的青春，我垂死挣扎地说：夜深了，雨难得停，我走了，好么？

我自己都觉得有一些厚颜无耻的讪讪意味。

她默然，不敢起身，低头说：门后有雨伞，别淋着了。

我只好起身，迟疑着取伞，开门，我乞求地回看她，她依旧不看不语，我只好出门带上门，在门外低声说：我走了，你关好门吧……

我无力地虚脱在屋檐下，挂着伞并未撑开，看着她窗口上的一丝微火之光渐渐变暗，看着她正一点点沉入黑暗之中，不禁悲从中来，泪如雨下。我虚弱地靠在木壁上难以移步，几番举手欲敲门，又灰心地放下，雨水飘满衣襟，闪电撕扯着我那张痛苦欲绝的脸。

她没有起身关门，一动不动地伏头于膝上，双手抱膝，呆望着盆中余烬，泪水滑落，滴于炭上发出嗞嗞之声。火光在泪眼中渐渐微弱，她没有听见我离去的足音。她似乎知道我就在门外，她忽然压抑着悲声抽泣起来，双肩抖动不能自已……

14.

/

　　山中的黄昏总是不期而至的，仿佛街上那个半疯的醉鬼，总会在深巷定时飘过你的视线。供销社门前是小镇赶场的农贸集市，每逢三六九日，山胞们就要从四乡八野赶来，可怜地在此交换一点零碎的山货，再购取盐巴肥皂。散场之后，雯总要独自清扫门前的街道。白天的满地狼藉，乡民原已见惯不惊；自从出现了她，整个小镇的街道，似乎也都多了一些鲜亮。青石板嶙峋地闪亮在土墙灰瓦之下，显得这条道路也能通向文明世界。

　　那夜的黯然离别，我似乎如遭重创，恍若巴地传说中的中蛊一般，病恹恹的几天不思茶饭。80年代可怜的青春，还残余着太多后清教徒时代的禁锢；在欲望与清纯的搏杀里，每夜都能听见身体内部的刀枪迸鸣。

我依旧不能放下她，在小街的首尾之间，仿佛隔着一个漫长的隧道。我迷失在这个黑暗的甬道之中，虽然看不见出路，却知道前方一定会有光芒。我如果止步不前，则一定会沉陷在我的黑夜。因此我只有盲目地前行，每一步努力，似乎都意味着对她乃至对光明的接近。

乡政府墙角的白菊花忽然盛开，在孤零零的草丛中，在那些庄严的政府牌匾下，白菊花真是不合时宜地绽放着。看见这样静静闭合和绽放的花，又勾起我对她的思念。我特意去摘下了一束，像捧着一份聘礼，在沿街的注目中，向她的所在奔袭而去。

如我的想象，她正好在扫街。抬眼看见我，妩媚一笑，好像什么也没发生一样。她有些调侃地说：好久没见你，成稀客啦！

我只好掩饰地说：我下乡去了几天，顺手摘了一些花给你！

她故作轻松地戏谑说：路边的野花你不要采哟！

我们会心一笑，她忽然有些脸红，仿佛一时出言不逊而有些张皇失措。她急忙改口说：喂，明天周日，龙洞村的覃幺妹出嫁，今晚请我去陪哭十姊妹，你想不想去看热闹？

我那时还不是很懂乡俗,问她陪哭什么啊。

她说这里的土家人嫁姑娘,要请十个闺中女友去陪哭,这叫哭嫁,实际是唱着歌流着泪告别少女时代。

我一听这个挺有趣的,立马表示我去我去!

她回屋简单装扮了一下,我们向夜色掩映着的一个土家吊脚楼走去。那门前早已人来客往,虽然简朴地布置了一些红花绿叶,倒也显出几分喜气洋洋。闺房中,七八个姑娘围火塘而坐,两女扶着将嫁的新娘入座,席上摆着糖果酒水,一切按土家族习俗古礼在进行着。

雯悄然入座,她一直是小镇的一道靓丽风景,即便她今天穿戴尽量本土化而不显颜色,依旧还是被大家所瞩目。女孩们纷纷让座,各自的礼数都显出山中世界的古雅。我在旁边人群中围观,看着她几年的时光,竟能真的融进这个穷乡僻壤的百姓世界,既有一份欣赏,更多一些怜惜。说不出的一种苦涩,夹杂一些酸辛——难道她的未来,也就是这座山中某个哭嫁的新娘吗?

我正想着,一个主持的女宾朗声说道:明天幺妹就要出嫁了,今天请各位亲朋好友来唱陪十姊妹,热热闹闹送新娘;唱赢了的吃糖,唱输了的喝酒。我这就开台了啊!

高山下雪低山流,

今晚陪歌我开头。

新打剪子新开口，

剪出牡丹配绣球……

土家族的哭嫁之礼，歌声中有调侃有祝福，但更多的
似乎还是有一种悲伤和幽怨。尤其那种音乐的调式，带着哭
腔，自由的节拍，尾音拉得很长，听上去确实如泣如诉。轮
到新娘唱的时候，她那些闺密姐妹开始抹泪——

一哭我的妈，不该养奴家，养大奴家要出嫁。

二哭我的爹，全靠你当家，姊妹兄弟你养大。

三哭我的哥，姊妹也不多，处处地方让着我。

四哭我的嫂，把我待得好，泡茶煮饭是你教……

另一屋里陪坐着一些老人，新娘父母似乎也在闻声抽
泣，客人在劝慰。一切都是祖祖辈辈传下来的仪式，但这样
的礼仪之中，却又蕴含着千百年来的古道人情。终于轮到丽
雯开口唱了，我急忙竖起耳朵，第一次听她那接近山歌的温
婉歌喉——

高山砍树劈成柴，

石头烧出石灰来。

将妹真心点着火，

烧成灰土露出白……

　　我几乎不敢正视她泪光闪烁的眼睛，深感她的全部歌声都是在为我倾诉。多么好的女人啊，可是为什么我总是无法走近呢？她究竟在拒斥着什么？

　　哭嫁都是整夜的礼仪，半夜亲友还得一起消夜喝酒。到了凌晨，远远听见唢呐锣鼓的声音，大约是娶亲的队伍快要到来。新娘家门前，也开始鞭炮齐鸣，张灯结彩，按土家族规矩举办着迎亲的仪式。

　　新郎家的迎亲队伍吹吹打打沿山路而来，新娘家则张罗"拦门礼"——一溜的八仙桌挡在门前，迎亲的要对歌，对赢了一桌就撤一席……新娘要踩过一个个升斗，撒出大把的竹筷，然后哭别父母，由自己的兄弟背上轿；迎亲的押轿娃要亲手锁上轿门，送亲客则要杀雄鸡绕轿滴血。轿子在门前正反三转圈，仿佛孔雀东南飞五里一徘徊似的依依不舍，迎亲队伍才能带着新娘迤逦走远……

15.

/

陪别人哭嫁，流的却是自己伤感的眼泪——这是山寨中那些豆蔻年华的女子，每个人都要经历的一场成年礼。

眼看着曾经的闺密，初初长成，就被另外村子的陌生男人，吱呀吱呀地抬走；抬到另外一处远山荒寨，抬进那无法窥见的妻母人生——多数女孩想到自己的未来，确确乎是要一掬伤心之泪的。穷也好，富也罢，此后就是人家的人了。自个儿长大的娘家，反倒成了亲戚一般的遥远。所有那些一本正经的仪式，都像是在宣告一种决绝的分离。无论怎样的歌哭，都不可能中止这样的流放。对，就是流放，山里人说订婚，都叫已经"放人"了。

　　丽雯和那些女孩一样，到了早晨才现出兔子般的红眼睛。仿佛刚刚经历了一个旱季，泉眼的水也有些枯涸了。大家各自散去，我还有一些余醉，陪着她沿路而归。山中的路多是随着溪水环绕的，凌晨的氤氲里，哗哗声在白石上推波助澜，有着一种鲜明的欢笑。只是这样的水石呈现的喜气，反倒衬出了两个各怀心思的男女的落寞。

　　我略感疲惫，浑身也透着柴火气和烟酒的余腥。要踩着溪中的跳石涉水之际，我蹲下身子要洗脸。那时的山泉已然寒彻骨缝，十指捧来刚浇到脸上，便是一阵哇哇乱叫，人也顿时如闻棒喝。她哭罢的苦脸终于被我逗得破涕为笑，在寒风中笑得花枝乱颤。

　　我没觉得有那么好笑，嘟哝说：日马太冷了，你笑什么吗？你试试。

　　她还是看着我捂着嘴傻乐，并用另一只纤手指着我乱点。

　　我不明所以地傻看着她，等她笑完断续说：你那，呵呵呵，不洗还好，一洗整个脸都花了，哈哈哈哈。昨晚的柴烟熏的，被你一抹给抹黑了……

　　我自己也看不见自己，只能苦笑说：唉，只能等它这样了。你也不帮我洗洗。

　　她终于收住笑声，一脸悲悯地说：乡干部，你都多久没洗澡了啊?

我有点脸红地说:乡政府也没地方洗,全靠老田烧一点热水,每天胡乱抹一把。

她终于低声严肃地说:趁乡民还没上街赶场,你赶紧跟我回去,好好洗个澡吧。

说完这话,她也不敢看我,转身就自个儿前行。我急忙用衣袖擦干脸——估计脸上更花了,像一个被抓的俘虏一样,狼狈不堪地跟着她逃窜。

我们回到供销社那个院子时,小街几乎还在浓雾中酣卧。

她也不管我的尴尬,自顾自地急忙在外屋的柴灶上烧水。同时从床下拖出一个大木盆,先用冷水洗刷一遍,摆在屋里空地上。然后又从衣柜里拿出新毛巾,洗脸架上取下香皂摆在木盆边。一会儿大锅的水开了,她一瓢一瓢地舀来,掺水试探温度。担心冷水兑多了,又从桌子边拿来昨天的暖瓶,将其中的热水全部倒进木盆。然后才有些羞涩地抬眼看着我说:你赶紧趁热好好洗吧,山里都是这样将就的。我去覃婶娘那里买豆浆去了。

说完她也不敢看我,我也不敢看她,她就转身出去了。我听得一声门响,又做贼一样将里屋的门也插上,这才赶紧脱去全部衣裤,赤条条坐进了那大木盆里,被热水陡然惊出了一声怪叫。实话说，我已经很久没有这样洗澡了。这样的坐盆方式，还是童年时候在母亲的吆喝下经常要完成的动作。

我从头到脚开始浇水梳洗，香皂的泡沫散发出一种女人身体的芳甜。闻到这样熟悉的气味，我一边搓洗自己干燥已久的皮肤，忽然就联想到丽雯那特有的味道。从体味到身体，幻想出她每天如花一般，在这个木盆里的自我浇灌，我的身体顿时焕发出那种青春的僵硬。我看见自己的"弟弟"渐渐浮出水面，探头探脑地打望着这个陌生却向往已久的香闺。我自感羞耻地力图把它按进暖流之中，不许它嚣张地跃跃欲试。它却像一个亡命越狱的囚徒一样，脸红脖子粗似的非要奔向自由。我只能无耻地看着它，赶紧打理我的全身。

她这简陋的闺房也算四壁萧然，但整洁舒适。窗台上放着一个土陶的壶，闲散地插着几枝野花。纱帐依旧笼罩在床上，被子叠成三角形放在角落。我眼睛任意逡巡，忽然就看见那墙上的相片框。她在玻璃后面难得的笑颜，似乎还透着一丝嘲讽。我与她四目相对，顿生慌张，竟有被她偷窥的自惭和难堪。

我终于手忙脚乱地焕然一新了，用她那细软的毛巾擦拭干全身，恍觉自己有着已经脱胎换骨的婴儿般的洁净。但是，面对那一盆污水，我实在是自己都不敢正视。水面覆满了白沫，周边也都沾满了泥垢。我必须赶紧趁她回来之前处理完，否则我实在无法面对她。

我正在洗刷盆子时，剥啄敲门声传来。她在门外像私奔的女人一样，悄声低唤：好了吗？我回来了。

我赶紧开门，她微笑着打量我，咬着嘴唇憋着笑，亲切地调侃：看着像是换了个人，我都认不出来了，呵呵呵。来，赶紧把豆浆喝了，趁热。

我自己也有些不好意思，腼腆地笑道：哎，通体明快，呵呵，把你的盆子毛巾都弄脏了。

她信口说：那你以后赔我新的。

说完她自个儿忽然脸红了，我急忙顺杆爬着接嘴道：你要我陪，我就陪，陪你一辈子都好。

她被我撩拨得更加红晕，完全不敢直面我火辣辣的眼睛，王顾左右而言他地嗫嚅说：哪个敢要你赔吗？要赔你也赔不起，哼哼，就知道口蜜腹剑地胡说八道。

也许是自己洗心革面似的香喷喷，忽然就有了一些自信和狂妄；我抓住机会不依不饶地紧逼道：你还记得那会儿上学时，我们男生喜欢唱的那首儿歌吗？

她有些迷茫地说：哪一首啊？

我死乞白赖地哼道：赔你天，赔你地，赔到你家当女婿……

她佯作生气地谴责道：你们那些男生，从小就跟痞子似的，哪个去记你们那些胡言乱语？不说这个了，快喝完豆浆回去。换好干净衣服了，把脏衣服拿来吧，整天臭烘烘的，你也好意思在乡政府办公？

　　我无法继续逼近，只好悻悻然地喝豆浆，咕哝说：我在办公室，就算是最干净的了，就这样你还嫌弃，哼哼。

　　她不再搭理我，我则做贼心虚地看着她拖干打湿了的地面。

16.

/

山中无年，时光缓慢得像是迷雾，飘忽着就是一段
岁月。

也许是对我懒洋洋的工作不太满意，又不想得罪我这样
的过客干部，书记对我说，调令很快就要下来，他已经接到
电话，要我准备返城工作了。

我想也许该要向她道别了，心底忽然升起一种悲凉。告
别是残忍的，这样的告别，意味着是与两个人的命运，在还
未足够尽力之前做一次了断。如果我们面对某种宿命，确实
曾经努力，而最终不得不认输，不得不轻松剪断以便重新出
发——那这种告别一定要轻松得多。但是，我对眼前即将面

对的与雯的告别，却有些心犹未甘。

挥手便成歧路，一去就是终身——这不是一个简单的"再见"，就能熨平心底的褶皱的。即便那时，我还是青春年少，仿佛也能从中闻见命运两字的焦煳味道。但是，挥别是一定要发生的事情，我不可能不辞而别。我的辞别对她的残忍，在我心中简直就是一种遗弃和背叛的罪感。她就像我曾经走丢的孩子，曾经伤心欲绝，万念俱灰，忽然有一天又从某个火灾的废墟里找回。我试图拍打干净她满身的泥沙，擦干泪痕将之带走，但是她已经无法辨识我是她真正的父亲了。她拒绝与我重逢，拒绝我带她远行，她甚至担心这样的相认，是一次新的拐卖……面对这样的拒斥，我如释然而去，无疑就是一场背弃啊。

山寨的黄昏袅娜在吊脚楼的炊烟中，山水那一刻都显得若即若离。有人在对面河岸牧牛，唱着粗野的山歌自得其乐，似乎自足于他那不远家中的柴灶氤氲。那一年的深山，荒远的寂寞和稀有的太平，好似残唐晚明的一丝余烬，还在人间燎亮几处暖意。

天，有些微雨了，眉毛上先有了湿气。我独自往下街走去，在一街乡民的饭碗欢颜中，我看出的却是对我的哂笑。临行踟蹰，一如近乡情怯，往来熟透的石板，也似乎在有意磕碰我的行脚。

远远看见檐下窗台上，仍放着我前日送去的那菊花，在一个笨拙的陶壶中，叶落枝枯，花蕊蜷缩一团犹未凋落。我看见雯伶仃的身影，也在暮色中注视着这束干花，然后独自持碗去檐下，接一滴一滴落下的水珠，轻轻浇于壶中。

花在季节中转世，所有的浇灌都不过是无能为力的挽救。但是，对那日渐闭合的花瓣，那如期而至的必然圆寂，谁又能真正无动于衷？

她回身看见了我不远处的凝伫，似笑非笑地像面对天天夜归的男人，无须多言，自顾自地回到小店内。我也熟门熟路地跟进，隔着柜台与她说话。

她有点像一个老妻的唠叨：你近来酒又开始多喝了！

我说常失眠，夜里靠酒催眠。

她一边收拾货柜，一边似乎无话找话地埋怨：这样不好，伤身体的！

我犹豫片刻，嗫嚅着说：丽雯，我快回县里了……

她咧嘴一笑，尽量若无其事地说：我想也快了，一晃半年，你也该走了。

我有些垂死挣扎地说：我有点不想走了……

她忽然拿起手中的鸡毛掸子指着我，有些口气严厉地说：你什么意思？你学一身本事，难道真的就是来当这个宣传干事的啊？别说你自己在这儿闹心，再待下去，连人家都觉得你碍眼。你也不看看，就你这一身打扮，你永远都是外人，你是融不进这里的。赶紧走吧。

我迟疑地说：那你，你就在……

她那好看的眼睛忽然瞪着打断我说：别操那么多心，各人自有各人的命。作为老同学，我希望看到你走出去，走得越远越好！一个男人做事，不要那么婆婆妈妈的。

我有些无语，看着她一脸坚决，我也不知所措，只能低声说：走前，我想再去看看你爸。

她有些情绪缓和地说后天吧，后天休息。

我问：他缺什么吗？要不要……

她忽然变得酸涩地说：他啊？就缺用武之地吧。你要知道，其实男人，最怕的是这个。

我顿时失语，我深知对此无能为力。也明白，她在鼓励我什么。

她看我失魂落魄的样子，有点不忍地换成温和的语气说：进来喝杯茶吧。

我看她一扇一扇地关上商铺的门，跟着她走进后面那熟悉的小屋。房中的火盆看似灰熄火净，她用火钳一扒拉，露出在灰烬中埋着的红炭。再加上几根木炭，屋里顿时又温馨起来。她像待一个远客一样珍重，沏来一杯热茶，水面上浮着几缕茉莉花，淡香袭人。

两人围火而坐，却一时不知如何道别。各自只是盯着那燃烧的火炭，目光一刻也不敢对接，背心却有沁骨的寒凉。她怕陷入这样的尴尬，便说：你来帮我挽毛线吧。

那时卖的羊毛线，都是一束一大圈；对编织毛衣的人来说，需要先把它解散缠成线团，这样在用竹针编织的时候，才便于使用。她拿出一圈毛线，让我举起双手，分别套在我的腕上。她抽出线头开始挽线团，不断地从我手腕上绕圈拉出毛线。两人无话，仿佛在进行一场孩提的游戏。我保持着这样一种投降的姿势，突然发现有些滑稽，不自觉地就坏笑了起来。

她瞪了我一眼，一脸严肃地说：你又想起从前的什么坏点子了吧？

我含笑不语。她终于缠完了一个线球，从枕头边拿出一件快要成型的高领毛衣，让我站起来。她拿着毛衣在我背后比身高和袖长，之后叫我坐下，开始用那新缠的毛线，接着编织另外一个袖子。我问：前些时你不是已经打了一件吗？颜色不像这一件啊？

她说：那是给我爸的。

那……这一件呢？我问。

她手指飞快地弹奏着，抬眼看了我一眼，说：你要不喜欢，那我就送人了。

我恍然大悟地结巴说：我……我怎么会不喜欢啊？你一针一线的，太珍贵了……

她克制着万千感伤，有一点自怨自艾地说：这就要走了，山里也没什么好送给你的。今年这毛线，是从内蒙调来的货，不容易挣断，就算是老同学的心意吧。

她用手中的竹针指着墙上一幅从杂志上撕下来贴着的彩页说：我以前也没打过这个式样，看着三浦友和穿着那么好看，就自己琢磨着编成了这个样。过了这个冬天，你到省城了，看着这样子不入时，你就把它扔了吧。或者送街上讨饭的也好。

我的鼻根有些酸涩，尽量平和地说：那怎么会啊？我会一生珍藏的。再说了，我究竟是不是要考研究生出去，我还在犹豫呢。我真的放不下……

我那个"你"字还没说出口，她就又瞪眼打断了我的话：你一个大男人，哪有这么叽叽歪歪的啊？当年全校那么多人，好不容易也就考出去你一个，你好歹为我们七八级争口气也好吧。这一代都耽误成什么样了？难道你当年雄心万丈地写血书，就是为了回来蜗居深山，像现在这样喝茶看报坐办公室一辈子么？

我高考前偷写血书，发誓要考进名校的事情，她竟然也知道。我暗自脸红了一下，轻声说：我是为你有些……

她突然将手中的毛衣往床上一掷，站起来背身望向窗外。她沉默地看着那黑漆漆的夜，我紧张至极不知所措，半晌她才缓过气来说：这毛衣，是为你远行上路准备的。你要是还想对得起我这一针一线的浅薄情谊，你就穿着它好生去努力。你如果想要留下，你妈妈你姐姐都会给你编织，我这毛衣也就送人算了。你也看见了我爸爸这个样子，同样是读了书的男人，他现在只有每天面朝黄土背朝天，只能自嘲说是躬耕陇亩。他自己虽能放平身段，但每次见着我，就要伤心说耽误了我的一生。这样委屈的男人生活，也许等你某天当了爹，你才知道你身上的责任。你该说的也说了，不该说的也无须再说。我读书虽然没你多，内心也还点着灯火。你要是瞻前顾后婆婆妈妈的不能让我高看，那我以后也不想再见到你。你走吧。

她虽然语气平和，但句句如刀割。我看她如此决绝，只好轻声说：那我先走了。

17.

/

　　那夜，我如闻棒喝，男人的雄心仿佛被唤醒。

　　是啊，我难道真的甘心终老此乡吗？我所有渴望留下来的冲动，本质上是基于对她的初恋情怀，但更多的却是一种温柔的怜悯。我不忍目睹她的命运，因此想要用留下，来分担时代加于她家的灼痛。我真正想要努力的方向，其实还是把自己幻觉成了一个白马王子，要来把她从群山的牢笼中抢走，带她奔向远方。

　　但是，对一个刚刚毕业未谙世事的大学生来说，生活的折扇才初初展开。稚嫩的扇骨勉强撑起的薄如蝉翼的扇面，还根本无力卷起一团飓风。你即便能带走她，又何能让她抛下她孤苦的父亲，又何处安放我们自己的游魂。

我独自怔怔地来到那个索桥，晃晃悠悠地踏过那些参差不齐的桥板，来到了小镇的彼岸。我第一次在静夜独自打量对面的灯火人家，那些傍河而居的古老民宅。零落的灯光在核桃树和白杨树之间明灭闪烁，脚下的河水呜咽如压抑的哭诉。这个几乎有三百年以上历史的盐道古镇，曾经有多少过往的行人？有的落地生根，有的带走爱着的妇人，一代又一代就这样繁衍生息着。有谁真的深知那些门户之后，各自的别恨离愁。

我来了，我走了，这个遥远的山寨多半只是我命途中的一个逗号。为了雯，为了那份依稀存在却无可求索的爱，我真的可以就此画上句号吗？在那一溜摇摇欲坠的吊脚楼里，我们真的就能卜居其一？在火塘柴灶之间生儿育女，完成今生的使命？

雯似乎已经认命，至少，为了她的父亲，她不得不甘居泥涂。她的未来在哪里呢？这个山里谁配她的高洁？我无法遥望她的远方，甚至每一举首瞩目之际，都心惊胆战撕心裂肺一般的疼痛。而她也拒绝去遥望未来，或者说，不愿和我一起面对这个话题。

我无力带走她，除非我某天有能力带走她的父亲。而她，在那样一个报复的年代，她根本不着此想。她只能沿着这样的日子，不由自主地滑落下去，滑到哪里，她无从得知，也不想预知。

我其实从很小开始，就意识到我们成长的那个时代的粗野和怪诞。我在转学去县城之前，生活在另外一个小镇。整个"文革"年代，那个小镇充斥着无端死亡的气息。

我曾亲眼目睹，一会儿是造反派把当权派（基层政府官员）捆绑上台批斗毒打；过一阵子，又是保皇派把造反派捆绑吊上了房梁。每个人都在喊毛主席万岁，胜利者却总是诅咒对方是毛主席的敌人。人群被莫名其妙地划分为敌我，仇恨和报复循环往复。我的父亲和雯的父亲，都是这个国运下的祭品，他们在不同的政治背景下，各自分担着恶世的疼痛。

我的内心一直储蓄着这样的火焰，即便在最消极的山中岁月里，一个微吏的身份并不足以使我消解对这个时代的质疑。甚至这种尚未开始就已失败的爱情，本质上都因我们解不开时代的绳扣，而不得不放弃努力。

也就是说，在一个青年涉世之初，他的爱恋和梦想，仿佛都被组织扼杀。怀揣着这样的怨，我只能奔赴远方，我再也不想待在这个县城了。不管远方有多远，一代又一代边城青年，都这样带着改造世界的梦想出发，希望沿路寻觅同道，为改变社会而抱团取暖。

我独坐河岸边的那个凉夜，像是在俯瞰整个人间。

青春的忧伤和愤怒里，似乎洞穿了尘世的悲凉，又恍惚从河流的跌宕蜿蜒中，窥见了我的来生。逝者如斯，我拉不住雯的襟袖，只能如水远逝。又或者还企望在去路中，能找到改天换地的魔器，它能使我具备足够的力量踏马归来，重新夺回我那被命运掠走的花瓣。

我甚至至今都还记得那个夜晚的潸然，面对世事和命运的无力感，几乎厌弃了自己的软弱。但那一刻的沉思，又像是一个力比多转移的牲口，浑身开始蓄满野兽的雄性。

18.

/

　　雯的父亲是50年代的大学生，在学校经历"反右"运动之后，被发配到鄂西山区。他虽然没有被打成"右派"，却被内定为有右倾机会主义思想的知识分子。

　　那一代知识分子从民国过来，经历了"反右"和三年大饥荒，内心开始清醒的大有人在。只是整个社会的态势，使得他们在历次运动中再也不敢多言。这种压抑的痛苦和愤怒，像癌细胞一样滋生于体内，无时不在折磨着自己的天良和灵魂。

　　突然，"文革"毫无来由地爆发了，指挥者竟然是这个国家的领袖。这个领袖亲自号召他的人民，要敢于向各地走资本主义道路的当权派革命。最初几乎没有人敢相信，这会是他真正的指示？尤其是在"反右"的引蛇出洞阳谋之后，老实人也会学得狡猾，生怕这是新的陷阱。

直到北京的红卫兵已经发动起来，真刀真枪地在和平年代，开始批斗殴打那些威名赫赫的革命元勋、高官以及知识分子，各地的老百姓这才开始有点相信这回是玩真的。但这依旧不够点燃群众的火焰，于是，都市红卫兵开始到各地串联播撒火种，亲自带领各地的小老百姓去砸烂当地政府，焚烧封资修的文物书卷，而各地竟然没人敢于制止。大家这才开始一哄而上，各自成立保卫毛主席的战斗队，开始真枪实弹地干了起来。

按今天主流观点来看，"文革"之前十七年，确实是走了一条激进的"左"倾道路。而基层官员在执行这样的政策时，毫无疑问会上有所好下必甚焉地更加偏激。也因此，各地民众最初针对官员的愤怒，都是积怨已久的利刃。各个单位原本老实且习惯沉默的一些文化人，当意识到这一次的运动真的是符合领袖意志，且毫无风险后果之时，终于蠢蠢欲动了。

他们被时代裹挟着卷入大潮，加入造反的队列，书写大批判的雄文。一时间，举国上下诞生了无数原本籍籍无名的英雄豪杰。而雯的父亲在山城，正是这样的一个风流人物。

他原本在教育局做文员，一向超然物外的他，内心有对时事的清晰看法，也轻易不愿参与乌合之众的运动。但是，他的一个同学成立了小城著名的造反组织"烽火战团",他们需要办一个油印传单的媒体叫《烽火战报》,于是,前来动员他这位当年的才子出山革命。他残存的理想主义和右翼思想,被大时代呼唤醒来,仿佛这个国家的改造和前途,他们真的就能贡献才智。于是,他受命成了主编和主笔。

小小的传单成了山城最时尚的读物,贴满了大街小巷,在无数人手上传阅。他的社论观点犀利,才华横溢,甚至被上级报社采纳发表,顿时声名鹊起,他成了这个贫困山区几乎家喻户晓的人物。当县政府被砸烂,代之以革命委员会来领导之际,革委会需要重新组建,他就这样被拉进了县革委会的办公室。

实际在"文革"中期,造反派多数都早已被压制下来。等到"文革"结束之日,对帮派运动的清算接踵而至——史称"清理三种人"运动。像雯的父亲这样在"文革"中忽然提上去的干部,自然被列入清理对象。这批在各地曾经叱咤风云的人物,被开除下放改造的很多,更有被判刑甚至处死的。回头再看他们的悲剧命运之时,仿佛只是历史给他们开了一个轻薄的玩笑。

我和雯约好一起去告别她的父亲,一路上我谈着对她父亲那一代人的理解与同情;雯似乎有些惊异我内心暗藏的反骨。我们的高中年代不可能谈论这些话题，我的大学是她所不能了解的生活。她不知道我在大学曾经因为朗诵原创的长诗《为了历史》而差点被处分的故事。

她的成长家世教训使得她早慧，但又深深地包裹着自己，以免遭受父亲式的伤害。因此在生活中，她完全不愿去谈论政治，甚至为我这样一些高谈阔论而生忧惧之心。她劝我不要出去乱说这些，她几乎有点生气地警告我——永远不要参与政治，否则将再不愿见到你。我知道她是被家里的遭遇伤透了，她虽然平时从不流露那种受伤的情绪，但内心的隐痛却一直撕扯着她脆弱的生命。

沿途总有一些下山的农民认得她，这个供销社的漂亮女同志——山民习惯把所有公家上的人都称为"同志"，总要热情地与她打招呼。她和那些山胞的对话，已经非常熟稔地使用着农村的用语。除开美丽和气质之外，她就像是一个山里的新妇了，正在融进这一片她原本陌生的土地。

我有些不忍，看着漫山的衰草枯藤，忽觉鼻根酸涩。我歇下来抽烟，郁闷地对着蓝天吐着烟圈。她走在前面，看我在后面坐下，停下望着我，似乎也能猜出我的伤感。她沉默地又走回来，第一次主动地拿起我的手，拉着我向上继续爬。她不愿回头看我，也不肯说话，我紧紧抓住她那温润如玉的手指，一时也不知道如何是好，只感觉到自己的手心冒汗，湿漉漉的像是一个心怀鬼胎的嫌犯。

我还是忍不住嗫嚅地说：你，真愿一辈子在这里，安家落户？

她的手颤抖了一下，忽然松开了我的手，回头目光犀利地看着我说：你，你能看见你的明天、后天吗？你能想象你到我爸这年龄的时候，你在哪里，在做什么吗？

我一时语塞，有些无奈地说：难以想象。

她说：生活都是一天天过的。你爸妈在"文革"前几年挨整的时候，你能知道你还会上大学吗？在哪里过不是过呢？在城里坐牢和在山里务农，你能说谁比谁好？好好走自己的路吧，我唯一对你的期望是，不要学我爸。操心他一个，我已经够累的了……

我驻足不动，她回头看着我，我仿佛懂了一点她的深情，突然有些想拥抱她的冲动。她似乎在我颤抖的手指上窥见了我的激动，忽然转身快步向前。

她始终像是一只机敏的野兔，总能察觉风中的危险，要努力逃脱追捕。

19.

／

山顶是一片平坝，寨子像一个倒置的酒杯，坝子上的水田冬天闲置，盈盈地泛着白光。

很多时候想不通，古代的人民究竟是怎样发现这样一些绝地，迁徙开发而世代生存于此的？最初来的人，是想要逃避什么还是被处罚至此？在这样孤峰独立的山寨，完全靠雨水和渗水存活，一代代山胞，照样能开垦出水田坡地，自给自足地繁衍烟火。

雯的父亲几乎是唯一的外来人，他和此地的土家人形貌、言语都格格不入，但善意是唯一可以辨认和沟通的。山胞们不辨京都政治的颜色，只是凭借交往的礼数来认识好歹是非。对他这样知书达理的人，先就存了一分敬重。说起是监督改造，更多的时候，他却是山寨里的贵宾，但凡婚丧嫁娶，都要请他坐在首席。

一个知识分子，即便活在最极权的时代，只要他心性善良，处世平和，并不难在这个世界求个怡然自洽。那些偶尔需要写字的山胞，会拎着野味腊肉找他。他但凡有体力不支的劳务，总有木讷的汉子们帮他完成。远离了政治纷争，他却在这样的穷荒之地，似乎真正地找到了自由。

雯的父亲那时并不算太老，五十几岁的人，只是因为特殊的岁月，而显得有些老态。他的茅屋在寨子的一角，后边是漫山的竹林。那些野生的斑竹，粗壮高大，浑身印满泪痕，仿佛累积了一世的伤痛。

他对我的再次到来，仿佛有一点意外。他似乎不经意地看看他的女儿，感觉想从雯的眼色中找到一点格外的答案。雯依旧不动声色，意思是不需要父亲为她担忧什么。我和老人寒暄，显得像一个忘年之交一样的亲近。

茅屋虽然是泥巴竹篾砌起的土墙，但是还能保温。屋中间的火塘烧着树根，温暖得像一个旧时代的余荫。火塘上面是竹筒做的吊钩，土家人叫梭筒钩；吊钩是一个倒竖的树枝，上面挂着土家族的鼎罐。在梭筒钩的上方，则是挂着的一堆腊肉，那些肉在烟熏火燎之下，漆黑但泛着油光。

我们仿佛回到了中世纪的时光，绿蚁新醅酒，红泥小火炉，整个茅屋顿时有了家的味道。雯是那种手脚勤快的女人，她不许她爸插手，要我们围炉喝茶。她则迅速地在另外的柴灶上准备饭菜，柴火照亮了她的容颜，明眸在火舌中闪烁，波光潋滟。

老人即便落魄江湖，依旧有着自己的考究生活。他拿出一个陶罐，在炭火上烘烤，然后取出蜡封的另一个陶瓶，掏出其中的茶叶，放进已经巨烫的陶罐中抖动。茶叶被脍炙出一种浓香，弥漫在寒夜中。然后再从吊着的鼎罐里注入开水，但听一声吱吱作响，仿佛茶叶和泥陶的交欢呻吟。之后，他拿出几个土碗，开始和我分茶慢品。

他说，这是烤茶，是寒山中的老农的喝法。比煮的茶要香，比泡的茶要浓。茶叶是山里的野茶，且是秋天的老叶炮制，就像饱经沧桑的人物，要比初出茅庐的有味。

他的斟茶都循着古礼，即便对我这样的儿女辈，一样存着敬重。

不多时光，雯就做好了几样菜蔬，一一端上火塘边。冬笋腊肉、山椒野鸡、苦菜豆腐。每一样都像出自一个农妇手中，地道地泛出山野的浓香。她爸打开一个老坛子，用竹筒做的提子，拿碗接出苞谷酒来。我们开始对酌，雯也洗手乖乖地坐到了跟前。

山里的苞谷烧是农民的私酿，如果不兑水的话，头道酒至少也有65°以上。虽然在雯父的老坛子里封存已久，去了新酒的火气；但一口下去，依旧感到如一道火舌卷过喉咙，再热烘烘刮过食道，然后在胃里一阵滚烫。我像狗一样伸出舌头乘凉，老人看着我不禁笑了起来。雯有些嗔怪地说，又没人跟你抢，莫喝急酒啊。

老人微笑道，慢慢喝，没事，山里冷，这酒驱寒，也不上头的。先吃菜吧。

雯关切地说，要不先给你盛饭，垫一点肚子了再喝，空腹容易醉的哦。

我摆手说不用。老人说这是可以的，土家人边吃饭边喝酒，谓之"烤夹桌"。原本山里人的风俗，也可能是饥荒年代留下来的习惯吧。

我双手举起酒碗到额前，恭谨地说：叔，这碗酒我先敬您，我是特意来跟您告别的。我马上要调回城里了，以后，也可能还要走得更远。我专门给丽雯说，无论如何要来看看您，希望能得到您更多的指点。

老人仿佛尽在意料中，微笑感叹道：去也终须去，住也如何住？走，肯定是对的。你也算是这方水土尚未多出的新科大学生，听你谈吐不凡，似乎也别有怀抱。老朽不免偶尔生出一些隐忧……

我急忙说，就想请您多多指教才来的，您尽管直说。

老人和我碰碗，对饮而尽，仰头向茅屋草顶，脸上忽然泛出一种忧伤。他一口酒吞下去，半晌，喟然长叹曰：人啊，年轻气盛，就容易恃才傲物；胸有异志的话，就难免不与人群。而眼前的世道人心，往往又不容木秀于林！如果不得志吧，你的性格多半又不肯甘居人下；一旦得志，我又担心你被枪打出头——这也算是人生的两难困境啊……

我有些犹疑地问：其实，我也常常在犹豫，究竟是努力出山，去所谓的大都市闯荡一番天地好，还是安居故土，读书写字，自得其乐为好？

雯在埋头吃饭，似乎不想参与我们的话题。我不自觉地转头向她，若有所指地说：其实，我一直不是很想再出去拼搏什么的。城市我也见过了，没什么太大的意思，所谓富贵荣华，原本对我也没什么吸引力。就算是在故乡这山中村小，当一个普通老师，我想我也可以心满意足的。在哪里生活都一样，重要的是你跟什么人生活在一起——这是我的看法。

雯给她爸爸碗里夹了一筷子菜，轻声说：爸，你边吃边聊吧。她又抬眼有点狠地盯了我一眼，轻声但严肃地说：能走的时候不走，走不动的时候就会后悔。你看我爸，现在去县城都要打报告，这就是所谓你的故乡。哪里黄土不埋人啊？有什么故乡他乡的？

她的父亲看了她一眼，吃完她夹的菜，轻声说：故乡，故乡，唉，其实故乡是很多人的一个情感陷阱。我的故乡在鄂东，假设当年我没有上学出来，命运又会是如何呢？能比我那哥哥好吗？

他怎么了？我插嘴问。

雯低声说：一个你想当的乡村老师，"反右"被打成"右派"，自杀了。

老人也不看我，接着说：父母没了，亲人没了，其实，你的故乡也就没了。故乡永远不会因为你的爱，就一定会对你多一分温情。甚至，假设你稍微出众一些，还会多一分嫉妒。你看这公母寨，既不是你的故乡，也不是我的；也许正因为这一点，我在这里反而多得了这么一些敬重。而另外一个当年的所谓地主的儿子，同样是被从外地发配回来的，这些乡民就反而会多一些疏离。人情世故，看多了，你才知道凉薄。

我有所触动，继续发问道：其实，我也不知道出山，究竟要干什么？也许出去转一圈，最终又回到起点。我这不已经转了一圈，还不是又回来了。您看我究竟该怎么做呢？

老人皱着眉头说：你……现在，或许有些颓废，山中岁月，是很容易消磨意志的。本质上说，你的生活和事业还远远没有开始。放在我们那个年代，就这样困顿山野，也不失为一种偷生之道。但是，我观察今天这个时代，还真是有种希望所在的。三千年中国历史，走到现在，或许也真的该要融入人类文明世界了。我也随时听收音机，知道改革开放已经势不可挡，这是时代的洪流，你当然应该弄潮其中。过去我们没有机会，现在国门渐开，你能走得越远越好……

您遭受这么多委屈和不公，为什么还对这个时代充满信心呢？我问。

老人接着为我们斟满酒，继续说：个体的悲剧，放在大时代的背景下，实在无足重轻。我们那一代所谓的造反派，并非都是喜欢打砸抢和阶级斗争的野心家。很多人之所以伺机而动，原也只是看不惯那十七年的专制和愚蠢，希望重建一个新世界——只不过都是历史沙盘中的一个小卒，被无常之手操控于股掌之间了而已。我早在"文革"中期，就已经看明白此中奥秘，只是已经卷入其中，无法靠岸下船了。那么个人为此承担惩罚，实在也无所谓。三中全会对"文革"的否定，以及对毛的评价，我都是认可的。中国人要想走出这个困境，必须是进一步改革开放。你们这一代生逢其时，是应该为此参与并努力完成的。

雯有些忧心忡忡地插嘴说：爸，你鼓励他远走高飞，我支持。但是，你鼓励他去推进时代的那些话，我觉得不妥。我不懂政治，但我对这些改造社会的理想之类，真的不感兴趣了。人一辈子，好好活你自己的就行。

我对着雯嘟了一下嘴，笑道：听你爸说。我当然不是完全没有理想的人。

老人笑道：是啊，我是能看出你别有怀抱的。要真把你窝在山里，你也是不甘的。话说回来，人生百年，完全不输不赢地坐等老死，也太乏味了。我来了，我走了，人世间还能留下几行脚印，才算没有白来一趟。

我说：我明白我该怎么做了，但愿不负前辈期望。

老人拿起酒约我对酌，说：路都是自己走出来的，一路走好。别的不敢说，只想送你几句话——第一句是，这个世界没有任何东西值得我们弯腰屈膝去拾取。第二句是，人都会遇到打击，只有打不垮的才可能成为英雄。另外嘛，抄一句泰戈尔的诗给你：不用留恋道旁的小花，在你前行的路上，沿途的鲜花会为你竞相开放。

我急忙说谢谢您！真想终生受教啊！

老人忽然有些黯然地说：信口胡诌，仅供参考。人与人的缘分，也都是有限量的啊……

／

20

1982年的冬天，在鄂西山里显得格外苦寒。

那时的冬天是有大雪的，且下起来就一片苍茫；漫天的离愁别绪，很容易就堆砌出一种阻隔——整个利川都与这个世界无关了，孤悬高原之外，如弃儿一般荒凉。那时的河流也会结冰，乡下孩子可以将家里的板凳搬到冰面上，翻过来做成冰橇，轮流坐在上面，其他的孩子一起拉着他疾滑。

我在我的窗口就能看见这样的画面，一个孩子侧翻出去，翻出一串童年的浪笑。这些贫困山里孩子的简单游戏，翻出的正是我记忆中的欢乐。而我和雯，多是这样成长的——简单、纯净，在那个乱世的武斗硝烟之外，也曾这样天真无邪地悄然生长，不知不觉就长到了要爱要哀愁要纠结要迟疑要理性要偷泣要分别的年龄……

我和女友小雅的通信，一直断断续续地保持着。大雪封山的时候，邮路就会延迟，城里人往往并不知道山里的艰难，屡屡迟复之后，接二连三地会跟着寄来一些怨责。那个年代，基本没有可能打电话，除非天大的事情，有可能去邮局排队发电报。三分钱一个字，乡下邮电所用电话传到县城，县城邮局才能像谍报站的特务那样，嘀嘀嗒嗒地帮你把昂贵的问候发到省城去。而那边的邮局还得对着密码本，一一翻译出来，再派人送到对方手上。

漫长的暌违确能造成疏离，那个年代很多分往两地的恋人，最终多成了怨偶。真正一往情深的，则必须要有一个放弃自己的地方，设法求人，争取调动，再奔往另一个的所在。大城市调到小地方容易，乡下的那个人要进城，远比今天要艰难万倍。也有万里风尘一路追赶放弃都市而来到乡下的，一旦婚姻最后离散，则永远地远离了从前，懊悔终生的也是常见。

我无法从丽雯这里确认关系，甚至反而被她鞭策驱逐，只好开始面对放弃，面对离别，面对完全不可预知的未来。如果她是一个纯粹陌生的乡下女子，我也许有勇气直接表达，或者更加生猛地追求，甚至耍赖一般地疯狂去爱去要去索取。但正因为是同学，且是你一向私心仰慕怯怯珍惜的女人，却生怕点滴的不恭，就打碎了你一生的宝藏。

于是，在这样首施两端的所谓爱中，我似乎只能随波逐流。这艘命运的扁舟，你并不是它的舵手，你无处靠岸，只好任意东西。小雅知道我将回城工作，仿佛感觉到又靠近了她一步，自然是非常高兴的。她的来信开始鼓励我明年考研，甚至希望我这个春节寒假，可以去省城面见她的父母。

调令已经来了，书记和我客气地谈话送别，交接工作业已完成，但我还是走不了——因为突如其来的又一场大雪，封山了。公母寨去城里，要翻过一个很高的垭口，到了冬天，那里就很容易路面结冰，带着铁链的车轮都会打滑，常常出现车祸，慢慢地就没人敢走了。别人都急着送我上路，只有我心中窃喜，这样还能与雯多相处几日；哪怕并非天天见面，但同在一个小街的两头，似乎也算是对她的一种陪伴。

在这个冷火秋烟的乡公所，只有我和老田，混成了朝夕相伴的忘年交。他的青春和爱都已远去，每天在柴灶锅碗之中，不言不语地陶然于他的晚福——他常常感叹他的晚福，觉得终于不被批斗、歧视和饥寒交迫，这简直是党中央的恩赐。他一点也没想过他悲剧一生的真正原因，如果要说怪责，他偶尔在酒后会唠叨几句，说当年那些同事太不仗义了；明明是请他抄写的大字报，最后都栽赃到他头上。

老田也知道我要走了，天天夜里把火塘烧得明火执仗的，用他特有的这种温暖，来为我饯行。他这样一个平反的乡村"右派"，现在这样的杂役身份，每月的工资远低于我这个大学毕业生。因此我买来的酒，总是要请他酌酌的。平时我在他面前，虽曰老少同事，但他自知身份之差，总是拿我当干部，他保持着一个杂役工的恭谨。我是不肯有半点这种差别心的人，也回敬以礼，所以他总是在酒后要念叨我的友好，也因此总能看出他的惜别。

那晚的庭院，积雪在脚下咯吱作响，仿佛一种失传已久的笑声。山垭口上一轮寒月慢慢飘将出来，照得大地山河一片明白清亮。老田怅然若失地站在院中，对我欢喜又含着忧愁地说：天就要晴了，再过两天，寒风崖垭口的冰雪就能化了，你就该走了……

我说老田，以后进城，记得找我耍，我还请你喝酒。

老田搓着自己皲裂的手笑着说：嗯，嗯，好的好的，进城，我还没进过城呢。也不晓得进城去干啥，呵呵呵。

我心生出一种寒凉，我看着这个民国遗存下来的乡村底层识文断字的人，如今已经完全被风化成了这样一个与世隔绝的人，为他的无辜和命运深感伤悲。我拉着他说，进屋吧，今晚我陪你好好喝一杯。

老田也欣慰地笑道：我也是这个意思，我昨天赶场的时候，花钱买了一个熏干的野兔，就想今天为你烧来吃的。

老田的野兔已经在火塘上咕嘟着浓香，我们围炉而坐，我从楼上拿来我买的利川大曲，分到了两个碗中。老田啧啧不忍地说：你咋个买瓶装酒呢？这个好贵的哦，要不得要不得，其实就原先那个苞谷烧散酒就好。

我们也无太多言语地对酌起来。一向木讷的老田，一碗下肚之后，似乎看我心有郁结，忽然顿碗说：兄弟你先喝，我出去一趟马上来。

说着他就自顾自地走了，一会儿转身进来，继续喝。边喝边念叨：你是好人，我看得出来。你这半年，受苦了，好比是薛仁贵困卧寒窑，唉，以后你还会前程远大的啊……

他今夜忽然显得有些薄醉，话就多了起来。他继续低声自说自话：这山里，我是陪不了你的，谁也陪不了。人各有命，不服命是不行的。

我也被他勾出谈兴，好奇地第一次冒昧问他，我说老田，你其实还可以找个老伴的，帮你缝缝洗洗，也有个伴啊。

老田竖起一只手摇摆着说：呵呵，没意思，没意思。夫妻本是同林鸟，大难临头各自飞。我也老了，这点钱刚好够给自己买棺材，再找个人，人家也是无儿无女的孤贫寡妇才会嫁你，你管也不是不管也不是，自添烦恼。

我试探着问：老田，你是不是对前妻……有些失望，或者，有点受伤了？

老田沉吟了一下，似乎第一次面对这样的问题，仰头看天想了想，说：小兄弟，很多事，隔一辈吧，就可能说不清楚。你要走了，既然问到了，我今天跟你说说，说完就完，出门就忘掉。其实，我从来不恨前妻，我甚至是你们喜欢说的那个爱……爱她。她老汉（父亲）是我们这一带的地主，土改的时候被枪毙了。她家破人亡，还要被分给贫农做老婆。我是中农的出身，读过几天书，我有资格要她，我就主动找贫协的说情，要了她做老婆。她也算嫁了个读书人，对我心存感恩，平时我对她，那更是万事舍不得她做。我愿养着她，人家也是知书识礼的门户出来的，你得爱惜。原本想啊，古诗说的，那啥贫贱夫妻百事哀啊，各人珍惜就好。哪晓得后来我又被打成"右派"，开除工作了还得改造。那时哪能想到还会平反，是我动员她离婚的，我跟她说，总要留个人奔个前程吧……

说着说着，老田第一次眼睛发红如困兽，他装作是被柴火熏出来的欲泪的样子，背身使劲地揉眼睛，回身说：算是我把她赶走的。

那她去了哪里呢？我问，你平反之后也没联系吗？

老田忽然瞪眼说：这么大个国家，天生人，必养人。女人嘛，要想活路，总是有一条的。我把她赶出这个老家，没人恨她，没人嫌弃她，咋个都能活吧。我平反了也就是废物一个，又不是中央领导官复原职，我去哪里找她？再说了，几十年过去，她要活着，也是儿孙满堂的，我能去把人拆散了要回来？要是走了，我去哪里找？还不得等下一站，我追去求个来生？

老田说完这一番话，我顿时无语。就在我也怆然的时候，背后的门却忽然吱呀打开了，一股寒风吹进来，我不禁寒战了一下；又顿时感到后背被目光烧过的灼痛，谁来了？

我回身看去，只见雯倚门站着，眼中波光潋滟，同情地看着我们两个酒徒……

古镇情侣

你怎么来了？我惊讶地问。

不是你请上街的覃婶娘喊我来的吗？雯不解地看着我问道。

老田立即起身恭敬地说：快进来，小成同志。是我叫覃婶娘去喊你来的。

丽雯大大方方笑盈盈地进门，我则更加惊喜地拉她坐下。老田说：我做了一点野味，给小关饯行，我想我也陪不了他说话，就想到你，这街上只有你还能陪他，我就托覃婶娘去请你来的。真是冒昧了啊。

丽雯倒是悄悄对着我撇了一下嘴，有点嗔怪地说：他啊，有点好吃的就记不得我，还是田老师是个好人，多谢田老师了啊。

丽雯对老田的历史也是了解的，她始终尊称他为老师，从不拿他当火工师傅对待。老田赶紧去拿出碗筷，还特意再用开水冲刷一遍，递给丽雯。我有些激动得不知所措，给她也斟了一点酒，歉意地说：是想去喊你的，又怕天冷，你已经休息了。反正行前是要去跟你道别的，也就没去叫你，嘿嘿嘿。

丽雯看着我的眼睛，故意调侃道：这几天你是不是天天盼着出太阳啊？雪化了就好了，你也可以不再给田老师添累了，这半年，没田老师陪你，真不知道你怎么过得出来……

老田急忙插话说：不敢当不敢当，是他陪我。应该说是全靠你陪他，没有你这个老同学，他只怕早就待不住了。我把这碗酒喝了，先休息，你们俩好好聊聊啊……

老田急急忙忙地喝完酒，拱手道别。丽雯和我突然一下子从刚才的热闹中沉寂下来，一时竟不知道说什么为好。她看我碗中已空，帮我斟酒，纤手颤抖着把酒溢出了碗外，略显魂不守舍状。她拿起她的碗和我碰杯，不敢正视我，低头低声说：这，只怕是最后的晚餐了，我也陪你一饮吧！

我欲言又止，端碗的手也颤抖不已，酒晃到火塘上，哗地燃起一股火焰。我们都受惊地一退，尽量掩饰着内心的不安。她说来，我敬你一杯，祝你调回县府，同时也祝你早日考回省城！其他话，尽在酒中，就不多说了……

我喝了这口酒，很严肃地看着她说：丽雯，我要谢你半年来对我的照顾。真的很难想象，没有你，我将如何度过这些时光。仿佛真有神明帮助，在这里，为我准备了你。我这一走，是不是意味着很难重逢了？想起这些未知，我真的非常难受……

她努力装得轻松地说：我爸常说，行云流水，各有缘法。天下很小，何处又不相逢？再说，逢不逢也不重要。作为朋友，总是希望你飞在天上，而不是歇在枝头。我们能够望到你便是最好，望不见你了，也只说明你飞得更远了，也该为你骄傲。

我说：在这里，我得到了人生很多珍贵的东西；而此后，还有什么更有意义的值得去追求的，我暂时也不知道。如果没有遇见你，也许我早就去意已决，现在这样地走，我真是难以放下……

她似乎怕我说出那些敏感的话题，急忙打住我说：哎呀，你才刚喝，就说酒话了？不说这些，好不？来，再干一口。以后呀，无论走得多远飞得多高，这山里，总是你的故乡。有父母朋友在看着你，其中也有我一双眼睛。你只要没忘记这方水土，我，我们都知足了。

我苦笑说：备不住哪天我又讨饭重登你的门呢！

她堵住我的话头，严肃地斥责：净胡说！倦了累了就回来歇歇，不愁没酒喝！唉，酒嘛，不过还是少饮为佳。我也管不了你，你自己保重吧。喝了这碗，我就走了，你也早点睡。

我们深情地看着对方，又迅疾地躲过闪电般的视线，喝完这口酒，我说我送你吧。于是我们双双走出了乡公所。

月夜小街上，四邻阒寂，只有月色如水，照在那残雪覆盖的河山上。黑白的随意点染，真正有如一幅巨型国画。小街原是参差不齐的，弯曲且有阶梯和拱桥相连。吊脚楼的瓦檐下，还垂着冰凌，在月光下一滴一滴地垂落；好像一场痛哭之后，世界还在抽泣，无声地拭泪于暗夜。拱桥下的山溪，依旧有流水在冰面下潺湲，看得见那种或深或浅的脉动，却听不见原本有过的欢笑或是呜咽。

一条狗远远听见跫音，装模作样地低吼了几声，仿佛又从空气中嗅见了熟悉的味道，再也不作恶声恶气。我们就这样静静地走着，像走在回忆中，不敢惊动那些纯净的童真往事。一个嫂子吱呀开门，在门前的屋檐水沟里倒洗脚水，抬眼看见熟悉的我们；她像是无意中撞见了一场别人的欢情一样，也不打招呼，急忙低头转身进门，生怕打搅了别人的缠绵。

水杉树像一排精瘦的女孩，针叶落尽的枝丫，在夜风中偶尔晃动手指，欲语未语的样子，在凛冽的寒月下格外楚楚可怜。有种山鸟叫着"夜哇子"，喜欢在夜里哇哇飞过，留下一串凄凉的呻吟。一切都像是在为我们的离别布景，冷静万物之下，掩饰着人生临歧的内在热流。很短很短的青石板小街，我们像是赴难一般地隐忍和辛苦。似乎该说的都已经说完，剩下的时间只是刑场上最后的注目，只想把目光深深地钉进对方的影子，把一生的记忆带到来世。

终于走到了供销社门前。我驻足，看着她月光下泛波的眼睛说：明早如果客车来，我就赶车走了！

她不敢正视我的灼灼眼睛，低头说，那……我，明天就不送你了！

我忽然悲从中来，有些哽咽地说：那……就此小别吧，也许，也许就是长别了……

在这一刻，雯似乎突然意识到她将从此错过这一切。一种长期自控压抑的情感，被酒意和月光所燃烧，顷刻间难以自持一泻而出。她猛然扑进我的怀中，呜呜如失群夜鸟般，低声痛哭起来。她第一次双手紧紧地嵌进我的双臂，秀发覆盖着她的头，深埋于我怀中抖动。哭声中若有所语，含糊不清，像一个还不会说话的孩子，有着天大的委屈，在那里幽怨而又无法表达地痛哭。这是她从未有过的失态，我的双臂明显感到了疼痛。

直到此刻，我才似乎确证她的爱情早已深埋于心，她原来是真正爱我的。我惊疑之间，突然想永远抓住这迟迟才被确证的感情，甚至闪念之间，试图放弃一切而决心留下。

我努力想扳起她的头颅，企图去吻她的嘴唇；我在她的乱发之中闻见了桂花的甜香，我竭力寻找她那不描自红的芳唇。甚至吻到了她神泉般的泪眼，那种咸热的眼泪温泉般滚烫。吻到了她那汗津津而羞红的面颊，那在挣扎中抽搐而几乎变形的酒窝，却怎么也无法靠近她万般躲闪的唇。她的头在激烈扭动，娇喘吁吁抵抗着不让我吻到唇上。她的身体明显地因激动而颤抖，鱼一般挣扎于网眼，满身月华被扭动出遍体银鳞。

我闻到了女人特有的体香，像弥漫在空气中的欲望，我们彼此都像蚕一样在夜里吐丝，焕发出身体内部的焦渴。她死死地紧抱我，头颅却像在狂风中乱摇的向日葵；既无法推开，又难以抵达。仿佛抵死缠绵，然而却是以命相搏般对抗。我们更像是放置在高温炉架上的两根蜡烛，下面的身体已经开始融化，但头顶的火焰还在摇摆燃烧。

我虽然已经激动难耐，难以自持，但只能贴近她的泪脸，并不敢真正野蛮冒昧地强迫她。我在她的疯狂投入和拼命对抗里，最初不明所以，又恍惚若有所悟，最后只好绝望放弃。就让她静静地扑于怀中低泣，用手去轻抚她的发丝。

我寒彻骨髓的绝望泪水也随之夺眶而出，在月光下晶亮泛银，如两道冰瀑悬挂在风中，被永远固定在1980年代初的寒冬里……

我抖动的抽泣似乎使她突然清醒，她的哭声戛然而止。她抬头松手，抹干自己的泪痕，退后两步看着我的泪眼，默然相视片刻，轻声说：对不起！以后多多保重。我走了！

说完她疾步而去。我傻傻地流泪目送着她的背影消失在月色屋影中，只听那吱呀的关门声，余响在青石小街上回旋……

22.
/

　　大早晨，老田就来敲门预报，说客车来了。

　　老田帮我拎着简单的行李去街头停车点，我四处张望，希望看到雯的影子。我握别老田，百般不舍地上车。频频回顾，入座，头伸出窗外张望，车尘渐远。在最后一个拐弯处，我恍惚中看见，她站在树丛中远远目送着我的离去，幻觉中，似乎看到她泪如雨下，虚弱地抱紧着身边的一棵树，那树上的积雪纷纷扬扬如漫天花雨……

　　这一走，真的就是数年。

　　在那数年间，我很快去了省城再读书，结婚离婚，还经历了一些若有若无的感情。最初曾经给她写过一些信，始终没有回复，也就不敢再去打扰她的生活。偶尔还乡，见到其他一些老同学，也不敢贸然打听丽雯的消息。似乎无论她有什么消息，对我都是一种难以承受的摧毁。

青春的时光在出山之后，曾经的颓顿渐行渐远。被1980年代的时代洪流所裹挟熏染，生命忽然开始激情和热血澎湃。转眼就冲到了80年代的尾声，那一年春天的风来得太早，紧接着就是初夏的波涛汹涌。这样的风与波的激荡，我自然被卷入其中，成了一粒无处收拾的尘埃……

似乎很久很久以后的某天，一个管教送我出门。他对门口的哨兵挥挥手中的释放证，然后再把那张纸交给我。他难得地笑着说：走吧，你自由了。

他第一次伸出手要和我握手告别，我迟疑不敢伸手，觉得一切还是那么不可信。他认真地说：从今天开始，我们可以握手了，来，祝你新生！

我还是没有和他握手言和，独自怔怔地走向已经陌生了的人间。

我懒洋洋地爬上不远处那道堤坡，久违的长江忽然展现于眼前，似乎已勾不起我任何熟悉或亲切的回忆了。我回顾来路，看见那监狱仍停留在平原上。我脱身而出的那道门缝也已合拢，光滑而高耸的墙壁毫无表情。如果不是墙头上隐约可见的游弋着的人影，不时被阳光晃来一闪枪刺的寒光，我会把这吴佩孚时代修的建筑群想象成某个中世纪的古堡，庄严神秘中似乎还掺杂着些许乡村情调，宁静而又温馨。

相反，我眼前的一切却是陌生的。包含头顶上温熙的阳光，从稻田上滚滚而来的风以及泛着日色的大江。我像个初生婴儿般打量这个世界——多么完整的天空啊，不再被铁栅栏所伤害而裂成无数个规则的矩形。亘古未止的江水似乎毫无来由地依旧流淌，准确地说，是无数深浅不同的泥黄色块在移挪，像大地正在进行一场新的变迁和组合。青草沿堤蔓延，簇拥着一些毫无章法而又脚舞手的防护林。那一闪而过的肯定是鸟么？飞鸣着的声音有恃无恐。仿佛一个植物人大梦初醒，我在这些似曾相识的事物中扒寻着一条回家的路。

那已经是90年代中期的人间了，时代的列车已经随着邓小平的南巡远去。我像被扔在某个荒山野站的孤客，怔怔地找不到自己的方位了。这个城市没有我的家，我不知道该去哪里。几乎是被人流裹挟着挤上一辆中巴，我不由自主地尽量往车门猫了猫腰，以避免过于靠近前面那个超短裙裹着的屁股。

但胯后却明显感到被一个膝盖撞得一疼，一个声音在人缝中吼道：退么事？往里面插哟！我忽然觉得有一种猥亵的幽默。车开动了，拥挤的人被筛得均匀分布起来，城市在车窗外不断变幻着五光十色的门脸。忽然一个票夹敲在肩胛骨上，回头看见一张鲜艳的脸被汗水涂得像一面调色盘，她干涩地喊道："去哪里？"

"你们去哪里？"我绝对真诚地询问。

"神经！"她撇了下嘴角，看不出是鄙夷、不屑或是生气。她丢开我去敲下一个肩胛骨，我才发现已没有人像以前那样拍拍衣袋不耐烦地道声"月票"就完事，而是每敲一下就有一元至两元钱举了起来。等我意识到无法混过时她业已巡回到眼前，显得极有耐心地简明扼要："终点关山，两块！"

"哦，对不起，我不到关山！"我到关山干什么？谁在那里？我想不起来。"这样，哪儿方便，就把我搁哪儿吧！"我开始往车门边挤。我不忍心看那杏眼圆睁柳眉倒竖的调色盘，但她那双手已搭在了我的衬衣上。

"实在对不起，我确实身无分文，我下车可以吧？"我理亏地嗫嚅着，像一条被人类捕获的鱼，可怜地扭动着希望网开一面。

"大毛，踩一脚，碰到飞车的了。"她怪声对司机喊道。车轮急刹停到路旁，司机从容地扣上手闸，从座椅上潇洒地摸出一把扳手低头钻了过来了。乘客纷纷让出方寸之地，仿佛生怕溅血，同时又群情激奋地怒视着我。我不能指望有人会出面阻止或调停这即将爆发的纷争，更不能奢求哪位动了恻隐掏钱垫付这一元票款，因为谁也不相信我真的没钱。

当然，我并不紧张，这样的场面这几年我太熟悉了。我只想息事宁人地下车，无意再卷入任何殴斗。我已经没有脾气了，我和气地看着那渐渐逼近的扳手，知道它不敢轻易落到我的头上。平静地从裤袋中掏出先前颁发的那张纸，我想这时它至少可以等于一块钱吧。他已经看清了那张释放证，他拐了那售票女一下说："算了，搭白算数。前面就是公安局，免得我弯一脚，下去吧！"

他拉开了车门，我点点头努力显得并不尴尬地跳下车，我听见车里的人民群众富有正义感的声音：把这些人又放回来搞么事？中巴轻快地重新上路，风卷起一阵尘灰和着排气管的废气扑面而来，我使劲儿地抬起手臂，让路人觉得我正与车上的某个人恋恋告别。

我像个无头苍蝇一样，沿着荒疏的记忆往火车站方向移动。整个城市似乎正在成为一个建筑工地，偌大的水泥下水管堆积在路旁，砖垛整齐地砌满沿途，钢筋水泥框架拔节而起。空气中充满了水泥的气味，搅拌机发出空洞而干燥的喧响。夕阳在西边老楼群的玻璃窗上返着惨淡的余光，看得见路灯已经过早地发出微紫了，飞蠓和蛾子开始在灯光下起舞。几乎是抱着一线十分渺茫的希望，我来寻找朋友夏民从前的家。

整个世界仿佛刚刚结束了一场战乱，几乎在任何两点之间都没有了一条完整的路。人们兴致勃勃地在破坏着原有的一切，而耐心地等待着新的格局的崛起。我终于在大片废墟之中望见了那棵树，在暮色中它只是一簇浓绿的剪影，却依旧保持着往日的轮廓。透过树影，那排老式布瓦平房的灯光依稀可见了。我突然感到有一种亲切，一种透心的疲惫也油然而生。

轻叩几下门，门打开，一个横眉冷眼的孩子堵在门口问找哪个。我看见夏民已站在屋中探寻地望着我，一颗心顿时落下。我跨进门倚在门框上轻轻地吐出几个字："兄弟，我来了！"他眼睛一亮，急忙上前握住我的手，拉进屋中坐下，口里连声说着"没想到，没想到"，然后又对厨房喊道："秀，快来，倒茶。"

只见他妻子应声而出。一边解着围腰，望着我一怔，满面狐疑，忽然又惊叫一声："啊！雨波！怎么是你？你不是……"夏民瞪了她一眼，她以手掩口，尴尬地一笑，转身从冰箱中取出一瓶汽水，利索地启瓶插入一支塑管递到我手中。夏民递过一支红塔山，又掏出火机要为我点着。我发觉他的手在不易觉察地颤抖，在闪动的火苗中，他的眼神流露出一丝惊恐。

"我还以为赶得上你的晚餐呢，好不容易才找到。"对他，我应该不必客气。

"好，先弄上吃的再说，你自个儿喝水。"他站起把秀拉到门边低语了几句，秀开始到厨房忙碌。他又喝令儿子去里屋做作业，然后说，你吃了坐会儿，我出去一下马上就回来。然后掏出烟扔到桌上，匆忙从柜子里取出一小本揣进兜里出门而去。

秀端出鸡蛋面给我，拘谨地坐我对面；她还要去开西瓜，我把她拦住说："吃不下了。这些年还好吧？看样子过得挺滋润的嘛！"我感觉到她的热情中透出一种紧张，不时地望望紧闭的门。

"唉，也不行啊！"她苦笑了一下说，"你知道，夏民从前完全不懂生活，就知道成天呼朋引类日夜折腾，弄得派出所隔三岔五地还来清铺。你出事那阵，也不知把夏民叫去了多少回讯问，把你们从前那些拉屎放屁的事都盘了几遍，总算是发现他百无一用才算没事。好在孩子出生以后，夏民也醒了，把他那些书一卖，稿子一烧，东拼西凑了一点钱，去注册了个早点店。我们三口之家就这样过一生，也就满足了，不敢再让他去惹是生非。你知道，夏民这人讲义气，他总念叨着你从前对他的帮助，这些年想去瞧你，又听说管得很严，非直系亲属不能见。"说到这里，我见她泪花转动，不禁感到一种酸楚。

我深知这种庸常平居的生活也是一种难得的幸福，对夏民来说恐怕更来之不易，我愿意珍惜他的这种安宁，也从未想过要重新带来往事。但很显然，眼前这个曾一度醉心于浪漫，崇拜过诗以及冒险生活的小妇人，一定误会了我的来意。我不想让她担惊受吓，她战战兢兢如履薄冰的安稳，经不起任何风吹草动。我说："是这样，我只是顺路来看看，夏民回来，我就会告辞的。"

正说着，夏民满脸汗水地开门进来了。我急忙站起来想跟他道别，他却示意他媳妇出去，按着我坐下，从裤袋里拿出一沓钱，掏出笔在桌上写了个便条及一个地址。接着说："兄弟，我们之间，我不想多做解释。这是我乡下表兄的地址，他搞了一个养殖场，随便留几个人没有问题。你先到他那里去住，什么也别说。这是我刚去取的一点钱，你拿着，别推！以后我会定期去看你。我这里，不安全，他们都知道我们是好友，说不定这会儿就开始往这里来了。你好自为之，我不留你了！"

我确确乎有些感动，但这种误会毕竟太残忍了，我急忙说："我不是越狱出来的！我刑满了，刚出来，无地方去，就到你这儿来了！"

"你不是还有两年吗？没听说平反呀？"他站起来惊呼。

我说："减了两次刑，就提前了。"秀也闻声进来，他们两口子面面相觑，不禁为一场虚惊而笑了起来。"他妈的，怎不早说！那还说么事？秀，整酒来！今夜就聊过去了！"他那双变粗糙了的手狠狠拍在我肩上，我竟然感到了巨变时代的沉重。

23.

/

　　事实上，没有任何一个时代是我们可以挽留的。

　　我们在80年代曾经迷狂追求的那些激情生活，放浪无羁的自我流放，绝弃功利的奋斗与挑战，耽溺于过程之美而忘却目的之爱情历险；甚至最纯粹的诗意栖居和艺术行动，一切的一切，都转瞬即逝像一束毫无结果的谎花了。

　　许多人的简单热情，自命不凡的救世意识，弱不禁风的宏愿壮志，幼稚的青春狂怒，都烟消云散了。还有什么东西可以永恒不变地支撑我们的精神窟窿呢？曾经赖以立身的史诗精神、英雄主义以及最后一点罗曼蒂克，都在一次挫折之后成为绝唱。似乎从此媚俗、拜金以及广泛的物质主义正如海潮倒灌，几乎摧毁了五四运动以来几辈知识分子惨淡经营而又菲薄如纸的理性堤岸。

我辗转于夏民客厅的竹榻上反侧难眠。我听见不远的工区上，沉重的打桩机有气无力地捶打着地壳，积淀了无数年腐朽灰壤的地皮，仿佛随时都有龟裂的危险。建设者夜以继日地工作，他们又将堆砌出一座什么样的娱乐城呢？午夜的热风透户而来，夹杂着城市上空经久难散的人臭，比骡马市场的空气略有不同的是，它还混合着无数化学物质的怪味。

数年了，第一次独自睡在一间房里。没有安全照明灯那微火般的黄光，没有半夜查铺的手电光；没有一群精力过剩的男人嘹亮的鼾声；没有恐怖的梦呓者的鬼哭狼嚎。除了机器正抽打大地之外，整个世界都在昏睡，宁静如荒原。

狭窄的客厅在视线中渐渐扩张开去，我感到我仿佛正缩小置放在一个辽阔广大的壁龛中，僵尸般了无动静。忽然，我隐隐听见一种咯吱的响声，就在我身体内部或是下方，像骨节风化折断的粉碎之声，但没有痛感，神经已麻痹，我绝望地梦见自己正一点一点地风化为一具干尸，在这个懵然撞见的巨变时代面前薄如蝉翼，且轻若鸿毛。

我行走在一段繁华的大街上，像漂流在峡谷深涧中的一粒浮沤。所有临街的门窗都变成了商店，形形色色的招牌金碧辉煌。无数大大小小的电声音响奏鸣着，永远无法听清楚到底是在唱歌还是放音乐。缓缓流动的各色车辆像一支沉默的游行队伍，耐性极好地躲闪着行人穿梭而过。女人们依旧像色彩斑斓的昆虫，大多歇在某个肥厚的臂弯在人流中摇曳向前；偶尔单身行走的，一般也是中年以上妇女。

我往一个商店门前停步望了望，门前端立着一个少女。我看着似曾相识，她突然含笑着向我递来一张纸，我想象不出来今天还会有人散发传单或是给我递情书。惑然地盯了她一眼，她柔和地浅笑一下又向第二个男人递出一张同样的纸。我低头看这张纸上印刷的文字，题头大写着："解除你的隐忧，增加您的性趣。"下面是"请使用男性磁疗壮阳环"以及功能说明。我苦笑了一下，摇头径直前行。

前面路口边的屋檐下围着一圈人，远远就听见一个似曾相识的声音在吆喝："看稀奇，看古怪，七十岁婆婆怀头胎，八十岁爹爹谈恋爱。看啊看啊！下珍珠赔玛瑙，下飞机赔大炮，下一个嫂子赔两个婊子……"

我凑近一看，果然是在玩三张牌的赌博。这是江湖"干艺"班子最流行的一种骗局，两张点牌一张花牌，通过手上技巧及冒充观众的媒子的配合，骗取那些贪财下注者的钱物。我仔细一看，那口中念念有词的正是比我早半年满刑的"三点"，没想到这家伙又重操旧业了。

　　我不动声色地凑上前去，他很快地又甩出一局，口中嚷道：快下注啊！莫错过发财的机会啊！围观的人清楚地看见他把那张花牌甩到了右边第一张，便有人把十元币押了上去。我想跟他开个玩笑，便从夏民给的钱中抽出一张百元钞，往他左边第一张上押去。这是人们绝对认为错误的押法，但恰好花牌就会是此张。

　　我刚一押上，他便一惊，倏然变色，他可能以为碰到有人存心来搅局了。抬起头来望着我准备套"春典"，愣了一下，终于认出我来。他神秘一笑，立即把三张扑克翻了开去，把另外两张上押着的钱往我手中一送说："这位先生赢了。"众人有口难言，散了开去。

　　他手下的几个媒子还没明白，从周围朝我包夹过来。他把我一挽笑骂道："我这是强盗遇到打劫的了！伙计们，这就是我说过的那个拐子！收篷，不玩了。我陪这个哥到玉堂春去潇洒一下。"他对那几个吩咐完，才回头又扯起我边走边说，"几时回来的？也不先把个点，我去接你呦！"

　　我说："出来一些时候了，突然宣布的，谁都没法说。"

　　"好好，咱们好生聚聚！先去洗个澡，把牢气除除，挂个财星就一口，我晓得才出来都吊得大！"他依旧用的号子里的一些黑话，意思是要帮我找个小姐解解馋的意思。

　　我把手上刚才接过来那张广告纸给他，苦笑说：别费那个劲了，哥还得死马当作活马医呢，还是喝酒去吧。

"三点"是个趣人。他本名姓朱，早先在一个家具厂上班，后来厂里转制，号召工人自谋生路。他既无本钱又无背景，只好跟街坊里的一些混混一起学"干艺"。干艺是江湖五花八门中的一种，由来已久；一代代拜师授徒传下来，竟自成了一门下九流的骗术。到底是谁设计了这样一些绝妙的骗局，已无从考究了。

他也因为这个被判刑，在狱中喜欢跟大家玩牌。每次玩"关三家"，他总是被我关住最后一张，揭开来永远是最小的"三"，于是大家就戏称他为"三点"。

坐下喝酒，我问他为什么还要重走老路。他愤愤不平地说：你才出来，不晓得。这世道，没咱们的路走了。老哥你算能人吧？你告诉我，接下来你能往哪里去……

那时，我其实也已经无家可归了。

在别人的城市晃荡了一段，我决定要彻底告别这个伤心的码头，北上京都打工。临行之际，我带着朋友们凑来的最后一点盘缠，决心回故乡去取回父亲的骨灰，迁葬回他的老家。我阔别故乡已久，心如寒冰，衣衫褴褛地归来，不准备叨扰任何故旧。

那已经是春节的前夕了，山城利川一如既往地被严寒笼罩。四周的半山上都是残雪,世界依旧显得荒凉。白天我去殡仪馆登记签章,取出了寄存在那里的父亲的骨灰。独自躲在一个客栈,生怕遇见当年的朋友熟人。

薄暮时分,上老街吃了一碗鸡杂面。那熟悉的乡味,又勾起了当年的回忆。曾经一个完整的家,在这深山也算名门的家,就这样消失在残酷变局之后了。我顺着老街溜达,走着走着,忽然就看见了那熟悉的老电影院、理发店,看见了丽雯他们家在城里曾经居住的阁楼。

我突然心跳加速,仿佛昨日重现——那时经常不经意地在放学路上,尾随她消失在那转角楼梯上。而今,木楼歪斜,恍同一个百病丛生的老妪。她的父亲流放归来了吗?她还会在这个黄昏出现在我绝望的视线中吗?

我心惊胆战地逡巡在街对面,遥看着木楼上依稀犹亮的灯火。再也没有钩针编织的白纱窗帘,再也不见窗台上那些曾经摇曳的兰草梅花。她肯定没有回城,或者就是去了远方。远方有多远,十几年人世沧桑,我再也无从捉摸了。即便她此刻仍然寄居那楼上,我还有勇气攀缘而上,倚门对她深情地说:我终于归来了——吗?

　　我带着简单的行囊和父亲的余烬，来到恩施的长途车站，买好次日去武汉的车票，再去寻找便宜的旅舍。我走进一家私人旅店，问单人间还有吗？服务台的女人头也不抬说有。我问多少钱一天，她咕哝说100元。我迟疑，然后欲转身离去，那女人终于抬头看到我的侧面及背影。她忽然在背后怯怯地问：喂，你……你是关……关雨波吗？

　　我惊疑止步，缓缓转身面无表情地看着她。她有些怨责地说：老同学都认不得了么？

　　我努力搜索女同学的记忆，似曾相识，不敢肯定地问：你是向……向……

她哈哈笑道：同过桌的都忘了么？

我忽然明白，有些尴尬和欣喜地说：你是向玉娥？

她关切地问：你怎么在这里呢？啥时回来的？也不打个招呼聚聚老同学！你住哪里的嘛！哦，对了，你是来开房的吧？莫走莫走，就在这里住，不要钱！

她边说边取钥匙出台拉着我，就要往里面走。我急忙说不妥不妥，多谢多谢！我只是过路顺便问问。

她热情地说：这是我承包的店，讲什么客气？就住这儿，我马上通知七八级五班的老同学，为你接风洗尘，现在好多同学都在城里。马上过年了，都回来啦！你今天想走也不行了。

她嘻嘻哈哈地强拉着我去二楼开房，直接把我按在了一个套房里面。然后说：就这样，你也别扯了，你先洗漱，我去通知大家。

既然这样，我再装模作样就不合适，只好答应住下。到了晚饭前，她敲门进来神采飞扬地告诉我：走，差不多都到齐了。听说你回来，大家特别高兴。你可别再客气了啊，马上就过年了，我们也多年未聚了，今天只当是提前团年啊。

我还是有些自卑地跟着她，来到了一个比较高级的餐厅的包房。七八个男女同学围桌而坐正在闲聊，我一进去，大家都热情地起身招呼，彼此呼唤着当年的小名。坦率地说，如果不是那些小名，很多人走在路上，你是根本无法辨认的了。

向玉娥前后张罗着倒茶点菜，大家打情骂俏，完全不像当年的羞涩和隔膜。也有人开始唱卡拉OK，近一点的兄弟不断给我递烟倒茶，彼此寒暄，客气热情，但都似乎不敢提关于我的话题。我神情落寞地与每个同学搭话，内心悲苦而强作欢颜。

忽然包房门被哗啦一下推开，一个女人像闪电一样地射进来。男生一起鼓掌，唱歌的也歇了，目光都投向了来人。我默默地站立，已经认出了多年未见的丽雯，比当年更显漂亮而成熟了。我矜持地傻站着，没想到她也会在州城出现。众人一阵欢呼，她却似乎陌生且有些生气地与我彼此默视，以只有我俩自己明白的目光，瞬间交流着无声的语言。没有人知道我们的过往，以为她遗忘了我的姓名。

向玉娥喊道：丽雯，进来呀！怎么？不认得了？这是我们班唯一的大学生啊。

雯走进，直接在我身边坐下；先与每个同学寒暄，然后压抑着激动，侧身向我低声问道：你回来怎么不打个招呼呢？

大家有点惊异，有些人调侃道：美女，你咋个偏偏还记得他啊?

我压抑着内心的激动,也有些自惭形秽地说:为父亲迁坟回来的。大过年的,带着遗骨不便于到别人家去,再说我确实不知道你也在这里了!

大家看我们俩私语窃窃,继续唱歌闲聊。

她急切地问:啥时走?

我低声说明早的长途客车,年前要赶回省城。

她有些不相信地说:车票呢?给我看看。

我不情愿地掏出票给她看,哪知道她接过车票,直接就在桌子下撕烂成粉屑。我不解地望着她,内心有些愠怒,毕竟这一百多元的车票,对我已经是很昂贵的支出了。她也不解释,起身出门。在门口转身对大家说:你们先点菜,我出去有点事,马上回来。玉娥,点好的,今天我请客!

向玉娥说:你干吗去啦?谁要你埋单,快点回,马上开席了!

她也不解释,清风一般扬长而去。

哥们儿牟伦友看着她的背影,调侃我说:喂,雨波,记得当初你暗恋过她的吧?

拜把兄弟田园说:什么暗恋?明恋,我都看出来过。哈哈哈!

向玉娥指着田园说：你还暗恋过我呢！怎么后来又不追了？

田园嬉皮笑脸地说：去去，明明是你向我抛媚眼。咳，那时太纯了，都不知道勾搭，结果狼叼肉，喂了狗，哈哈哈。

大家尽力制造欢乐气氛，我只好随之言笑，依旧难掩内心的孤独。

女同学匡丽雅终于忍不住，打破禁忌说：喂，雨波，你的事我们都知道，大家都挺为你难受，挺惋惜的，唉，反正也不是什么丑事，大家都挺理解。别那么不高兴，行不？

我强撑笑脸说：很高兴啊，这么多年又见到老同学，很感动的！我没事，大家都过得好，我真的很高兴的。

女同学陈晓玲说：见外了，见外了。平时大家各自忙，也难得聚堆，你这回来也为大家提供一个喝酒的题材嘛！

牟伦友高声说：对，对！俗话说：情人太累，小姐太贵，不如开个同学会，想跟谁睡跟谁睡，拆散几对算几对。哈哈！

大家哄堂大笑。向玉娥故作愤怒地说：你怎么现在还这么流里流气的啊！从前检讨还没写够。喂，小姐，上菜，开酒。

服务员开始布菜，这些很久没有吃到的故乡风味，勾得我柔肠寸断。正要开席之时，雯大大方方地进来，直接走到大家故意给她留出的空位坐下。

发起人向玉娥起身说道：喂，七八级五班的老同学，关雨波曾经是我们班的骄傲，现在依然是我们班的骄傲。大家一别十多年，我提议为关同学先干一杯，为他回来接风，同时也为他饯行。来，干了！

大家一饮而尽。她接着拉着我说：雨波，一别这么多年，你也给大家说几句！

我只好站起来说：各位兄弟姐妹，很感谢大家如此盛情。劫后重逢，看到大家真情如昨，我非常感动，这里是生我养我的地方，曾经有我的家，有我无数的回忆和怀念，也有我至真至纯的深情……我是从这里走出去的，但我永远未曾忘怀过这里的一切。离别这些年来，我不仅一事无成，还弄得伤痕累累，很羞于面对各位老同学。但我深知，尽管我可能失去这个世界很多的东西，但我不会失去你们的情义！

田园怕我伤感，直接打断说：兄弟，莫说这些伤感话了，喝上喝上。

我说：好，万语千言尽在酒中，我再敬各位一杯，先干了！

我喝完坐下，大家只好一起喝一口。丽雯趁大家不注意，转身掏出一张机票，暗中塞给我，看着别处对我低语道：我把你车票撕了，给你换张机票，后天再走，我想多留你两天，反正到省城的时间是一样的，不碍事。别吭声，这是我送你的！

我完全没有想到她出去是干这个事去了，非常激动，不知所措，看着满座同学又不便推让，只好先把机票装进兜里。无言地盯着她的眼睛，张大口吐气，以便止住我即将滑落的眼泪。她装作没事一样，给我夹菜，轻声说：别想那么多，快吃吧，都是家乡风味。

老班长李伟群站起来对大家说：好像是列宁说，只有坐过牢的男人才有可能成为完美的男人。雨波，你别自卑，我们这一辈的父亲，好多都有这样的经历……

向玉娥笑着打断说：这又是你瞎编的吧！尽篡改领袖语录。

牟伦友说：反正意思对头就行。来，我们哥儿俩干一杯！那会儿在班上我没少帮你忙，现在你要逮谁不顺眼，我还是帮你揍谁！

匡丽雅佯装生气地说：哼，你们两个，就知道狼狈为奸！

田园嘻嘻哈哈地说：记得雨波在县委工作时，我请他帮我写情书，等把老婆骗到手，我见她一直珍藏着那封信，就告诉她这是雨波写的，结果你们猜怎么着……

众人一起问：怎么啦?

田园笑道：她到处打听雨波后来的地址，天天盼着雨波离婚，害得我今天都不敢带来，怕她找到情书的原创者，就没我什么戏了！

大家狂笑，我也破颜一笑。雯斜视我一眼，有些娇嗔的意思。

陈元利喊道：都别打岔了，下面该我们班的美人敬酒了！

众人一起盯向丽雯，丽雯故意说：看我干啥？玉娥你喝啊！

向玉娥说：我哪敢！我要冒充美人，他们还不把我生吃了！你就别谦虚了吧！

丽雯说：哪还有什么美人！唉，一晃都老了。你们非要这样安排，不管是不是美人，来，雨波，我敬你一盅，为你的自由，干杯！其他话就别说了，都不容易，高兴一点！

牟伦友喊道：你们看出没有，他们俩好像有点相敬如宾似的，不正常吧？

丽雯转身说：就你这个花花肠子爱转筋！

牟伦友说：你别惹我，急了我今天就把雨波卖了。

丽雯故意急眼说：你卖你卖！

牟伦友讪笑着说：好，今天我就给同学们检举一回。雨波上初中时，一次在我家睡，晚上跟我说，长大了想娶丽雯当媳妇。哪知道后来他竟当了陈世美，该罚他酒吧！

丽雯瞪了我一眼，我傻笑得很不自在，好像确有这么一件事，我也不好辩驳。

女同学石邦丽解围说：雨波，来，我敬你一杯！应该说，你有许多不幸，尤其你的父母，我们知道了都很痛惜。但一切都会好起来的，你仍是我们中间最优秀的。大家都希望你重出江湖！来，干了！

我有些难以自持，泪水盈盈欲出，转身掩饰地擦去。雯默契地递过纸巾，并把我的手紧紧地握了一下。她说：今晚不说这些事了，大家高兴点，我为大家唱首歌吧！

大家一起喊好！难得难得，就唱《同桌的你》吧！

丽雯撇嘴说：那是男生唱的！我另唱一首。她大大方方地站起开口唱起来——

早上好，年轻的朋友

我们马上要分手

我的心中，一片深情

只好留在那船桅后

波浪一个接着一个

岁月啊紧紧相随

可是人啊却要分离

一个向西一个向东

只有江鸥悲伤的叫声

荡漾在那水面上

只有心啊，年轻的心啊

它呀孤独地在跳动……

歌声中，雯泪光在眸，盈盈闪动，所有同学似乎都意识到什么，但也不便戏谑了。我垂头偷偷拭泪，只有我知道，这是一首知青歌曲，是我当年在公母寨的河滩上，教她唱的。等她唱完坐下，大家忽然有些沉默，只好捉对厮杀，一阵乱饮。

大家都有些醉意了，有人提议唱歌跳舞。灯光被打暗，我歪倒在沙发上，很久没有喝酒的胃，难以自持地想呕吐。我看见世界开始旋转，我仿佛被置入一个时光隧道，我在五光十色之中，被飞速地旋转，像电影倒带一样飞进了我们的少年时光。公母寨那些山水，又一一回放出来，那些记忆的底片，看似在岁月里漂淡，却被重逢而沉淀，显影出曾经的爱恋与哀愁了。我实在止不住那种波涛汹涌，刚刚吃进去的美食，变成苦胆，喷薄而出。

大家都理解我的沉醉，只有雯为我前后打理，不断地换洗热手巾，帮我擦嘴洗脸漱口。我失态地拿着她的手哭泣，我不知道该对她表达什么，只是满心满肺的泪水无声地流……

我隐约听见丽雯说：喂，各位，雨波不行了，你们玩着，我先送他回去。

众人若有所悟，齐声赞同，雯扶着我踉跄而出。向玉娥追出来说：丽雯，他住212房，你让服务员直接开门，怎么样，你一个人行吗？要我帮你吗？

雯说：不用了，他还勉强能走。放心吧。

我倚着雯，耷拉着头，似无知觉一般地如影随形。

向玉娥做怪相笑道：那我不打扰你们了！唉，雨波心里苦着呢，你多安慰安慰啊！

25.

/

    那相距不远的街巷，我在沉醉中恍惚感觉走过了半生。

    朦胧中感到回了旅舍，有服务生前来帮忙架着我上楼。她将我放倒在床上，麻利地为我褪尽脏衣裤，一边又去卫生间搓毛巾为我全身擦洗。我在半梦半醒之间，不时痛哭，不时喃喃自语。我几次拉着她的手，不许她离开，渴望着倾诉。

    她温言细语地劝解我别说这些，听话，来漱漱口，再喝点水，先睡会儿，别动，听话啊？盖上一点，别凉了，对！听话！

    她的声音有着催眠般的魔力，我叽里咕噜中，泪眼渐闭，像一个婴儿般沉沉大睡。

夜半口渴，我似乎渐渐酒醒，完全遗忘了我是怎样回来的。忽听卫生间竟有哗哗水声，我惊起半坐，不知今夕何夕，若有断续回忆，急忙跳下床。突然发现自己裸体，又顺手将枕巾扯来，用两手牵着围住腰下，走向卫生间突然拉开门。

只见丽雯浴后，盘着湿发，用浴巾围着胸臀，在洗手池中为我清洗着内衣裤。我被眼前的美丽画面惊得目瞪口呆，不知所措，像一棵如雷轰顶似的树，焦干地燃烧在那里。丽雯已察觉背后的动静，抬眼对镜，看到镜子中折射出我的窘态，不禁哑然失笑。

她完全没有丝毫矫情地微笑说：我都为你洗过了，还不好意思啊，呵呵！

我恍然大悟，双手松开，枕巾委地，疾步上前从后面抱住她，多年压抑的情感忽然迸发，形同猛兽撕咬狂扑而去。

她瘫软在我的拥抱中，仰头闭眼，身体扭摆着娇吟：嗯，嗯，别咬……别闹了……嗯，弄疼我了……

我压抑多年的爱与欲望，迅疾蹿到了脑门；我猛然抱起鱼一般挣扎的她，像抱着奖杯走向颁奖台一样走向床，她的浴巾滑落于我的脚下。我把她仰面轻轻放到被子上，第一次注目这隐蔽许久的辉煌。床头柔谧的灯光拂上她的肌肤，仿佛深海中一颗最饱满的珍珠，透着让人渴望含进口中的温润光芒。她紧闭双眼，潮红微张的嘴唇喃喃呻吟。又似乎因为要抵挡我贪婪的目光，如水妖般地舞蹈着，娇羞地侧转蜷紧了身肢。她柔臂常春藤似的抱紧双肩，漂亮的下颌藏进臂弯，腰际与翘臀恰好勾勒出一道完美的弧线。这深海中闭合的珠蚌，只要我指尖轻触，就会为我绽放。

我任性地撕咬那隐蔽许久的魔沼，她用双手交叉覆盖着那浅淡花丛之中的樱瓣，羞怯地抵挡着我的野蛮。我俯身吻开她覆在脸颊的湿发，吻她的眼睑和抵近鼻尖的膝盖；当探进她的臂弯，我们尝到彼此的舌尖时，仿佛整个世界都开始狂风大作。她展开胴体一任电闪雷鸣，四肢藤蔓般在我周身缠绕舞动。当我奋然跃进她的波峰时，其双手又迅速移上来扪住那高挺的樱桃……她开始焕发出葡萄林特有的甜香，身体也像一条鱼那样充满滑腻。

我能感觉到自己全身都在膨胀，像一枚已被点燃的烟花，马上就要腾空爆炸。我鹏鸟一样俯冲下去，像要覆盖这一片耀眼的白野一样，笼罩着她的娇小。她的纤手在她的泉边守护，我刚刚抵达她的唇边，刚在她的指尖挣扎，忽然就提前引爆了我的火山。岩浆一般滚烫的喷发，把我们弄成了手忙脚乱的难民。我像被针尖扎破的气球一样，顿时瘫痪在枕边……

我羞愧难当，又似乎怒火未尽地谢罪并自责：唉，真抱歉！关久了，不行，我可能废了！她没有作声，四周寂静极了，床头灯的投影仿佛凝固了空气，只有失律的呼吸声提示着一床的尴尬。她保持着被岩浆浇灌时的姿势，只轻轻地紧了紧缠绕我的手臂，让每一寸肌肤都熨帖着我的颓丧，蚕丝柔毯般紧紧地护着我的萎靡。她手指轻轻地叩打我的后背，安慰说别泄气！先躺一会儿。

泪水滑过我的脸颊，与她的泪滴融在一起落在枕上。她仍然保持着原来的姿势，任由岩浆在我们的肌肤间凝结，仿佛可以就这样浇铸成雕塑，用她的体温为我塑就一世的温暖。我的烈焰与不安，在这如水温柔里慢慢退去。我侧身望着她，拭去她腮边的泪痕。她顺从地娇俏而笑，抬头在我鼻尖轻啄了一下，抽出手臂，起身去卫生间擦拭自己。然后再搓来热毛巾，为我拂拭遍体霜雪。我倦怠地斜倚床头，她为我点燃支烟，帮我盖上被子，关灯，再静静地挤进被窝。我在黑暗中圆睁双眼，沮丧委屈的泪水悄然滴落。我想起长时间的囚禁，被点点摧毁的雄性，像在风雨中日渐风化的石头。

你愿意说说这些年吗，你是怎么过来的？她抚弄着我的脸颊，小心翼翼地问。

我的思路开始被她引向苦乐往事，慢慢遗忘了刚才的狼狈不堪。她故意挑逗我说一些狱中的性话题，边听边咯咯咯地笑；亲热地吻我的耳根，舔我的肩头。然后她的手慢慢滑向我的下体，像在一张断弦的古琴上练习指法，她来回轻叩着我的颓唐。我似乎正在她的探访中，一点点找回自己的残肢。

她对我耳语，让我帮帮你，别紧张啊！放松！

她慢慢蜷缩进被窝，像沉进黑暗海底的抹香鲸一样，游动在我的身体上。她发出鱼吐泡似的轻微呻吟和吮吸之声，我沉睡多年的身体开始重新唤醒，像被重新充填火药的雷管一样，开始渴望最剧烈的自爆。

她终于像催生了一个生命般惊喜——啊，啊！它起来啦！

我一把将她从深海里揪出，暴徒一般把她按在了身下。她闭眼咬住下唇，双手从我奔马般跃动的背上跌落，纤指紧扣着枕头。幻响的乐声中，我看见美丽的胴体迎着我奔驰——纤韧的腰肢向后拱成半月，脚踝挽绕着我如一副锁链。我渴望已久的花园，正神迹般地向上托起，我像一个盲眼武士在自己的长夜挥戈乱舞，完全迷失在那久已陌生的花丛之中。她娇笑着将指头塞进我齿间，软语呢喃：别急，啊错了，这儿，嗯……上面，啊，噢，天，宝贝……

辉煌的时刻恍若来临，她以最丰富的沉默之手，为积蓄的风暴松绑放行。我恍惚看到一队原始部落的舞蹈者，正踏着激昂的鼓点走近。已这样难以自持，仿佛一个先天的盲人突然展开眼睛，看到骚动的春天像折扇一样款款打开，看到她芳香的原野一望无涯，我只能用最狂热的姿势去尽情奔腾。

此刻我的全部身体浓缩为一只鹰，有着尖利的指爪，足以撕裂封锁的岁月。我要让凝固的欲望重新注血，要在这嘹亮的歌吟里再次击响青春。这是不能遏制的翱翔，就像踏着黄昏起飞，永无疲惫地起航。这些被锁得太久的渴望，使每一根羽毛都力量万钧，在不断的上升与跌落中，体会最完美的痛苦和最彻底的欢欣。

我看到当年纯洁如雪的她，就这样开始融化，一任冰川解冻。此刻我是最毒辣的阳光、最凶恶的风，能让所有的湖泊还原为水，让她每一寸皮肤都布满泉洞；让涨潮的春涧一夜之间葱茏，倾听海浪一般的笑声渗透出毛孔。我想起大片鱼群深渊之底的跃动，是这样为接近岸而充满活力，忍受河床上的沙石刺伤每一瓣鳞缝。我完全相信自己真的就是一座沉默已久的火山，那终于爆发的汹涌才足以使苍白的皮肤，感到如此深刻的灼痛……

愈加成熟而美丽的雯，此刻像一座果园所形成的万种风情，具有超越季节的永恒。香汗淋漓的她，如同雨中闪亮的火焰，使我若干年的坚强焚毁于一旦。我们这些在灾年里熟透的果实啊，爱一直是赖以生存的枝干，如今在饥饿的手中，终于摇落全部芳馨……

26.

/

　　一个夜晚似乎浓缩了整整一个年代的悬望、苦闷与放纵，在最没有期待的时刻，时光倒流，昨日重现。经久枯干的生命重新被灌溉，在清晨就要从故土开出花来。

　　等我疲惫地睁眼之时，她已经斜坐在床头，正怜惜地静静看着我。我转身抱着她的腰肢，耳朵贴紧她的小腹，那里绒绒的胎毛，痒痒地摩挲着我枯燥的脸庞——这是我曾经多次幻想却从未有过的亲密。她用手抓挠着我的头皮，猫爪一般的轻柔；我隐约听见她暖和的声音，仿佛从腹腔中的子宫深处遥远地传来。

　　她说一切都会恢复过来的，我要你活得像一个男人，像从前一样，充满自信和理想。永远不失激情、欲望，甚至青春的狂怒，那才是你。那样你才会从往日苦难的深处走出来，在我面前再现你的当年。

嗯，一个神奇的早晨，在经历了如此多的绝望之后，一种不可压抑的求生欲望，宣告一切都将结束。我感激道——如果没有你，没有这个早晨，也许所有的痛苦都没有意义！

她轻轻地捏着我的耳垂说，你不能，不能这样说，即使没有我，你所经历的苦难也是有意义的。只有当你被痛苦击倒，从此一蹶不振时，它才会显得虚度。

我的酒意渐渐散去，整个身体仿佛在她的导引下，一节一节地醒来。我开始慢慢地记起昨夜死而复活的疯张与温存，似乎身体余露未干，还有着隔夜的滑腻。想起那些禁闭日子中的渴望和煎熬，那些断续重复的激情之梦和惊醒后的漫长惆怅，顿觉刚刚过去的浓情之夜，似乎有一种难以置信的亦真亦幻。我枕在她温软的小腹上，手指摩挲在她的大腿内侧，那是身体最绵软细嫩的所在，我开始相信这一刻绝非虚构。

雯，你为什么现在要对我这样，这么美好，为什么偏偏在我最无能的时候……

她用手指封住我的唇，喃喃低语：别说这些，也别问！

我要你好，永远好！

我恍若经由她的花径重返母体的感觉，婴儿一般脆弱细小，躲进了子宫的舒适和温润之中，重新找回了在这个世界的安全感。她的指尖像乳头一样堵在我的唇间，我小心翼翼地吮吸舔舐，泪水不经意地就滑过我的眼角，一点点浸入了我的耳洞。

阳光透过窗帘散布出创世之初的斑斓，我青春漫长的黑夜正一步一步退去暗色，人间开始明亮起来。她轻抚着我那春苗般初生的头发，时而俯身轻吻我的额头。当她屈身覆盖时，那温和的乳房挤压在我的脸颊上，麻酥酥地顿生一种触电的惊悸。

她生怕惊醒一个孩子般地悄悄抽出手臂，移开身体，将我放回到枕上。她坦然地裸体起身，走进卫生间小解。我听见那嘘嘘的泉声如春日融冰，又似檐溜的滴漏，静静地溶解了一个冬天。之后沐浴的水声拍打在她的岸上，潮汐般唤起我生命的惊蛰。

她梳妆停当，裸身走到床前，捡起椅子上的衣服，一件一件地套上。她稀疏的体毛微卷泛黄，掩映在那淡红的樱唇上。她的芳臀圆润挺拔，像世界上最完美的油桃。在臀与腰之间的两瓣之上，各有一个酒窝似的涡旋，这正是雕塑家刀下的"美人眼"。自维纳斯以来的所有美神的胎记，仿佛在民间失传已久，如今又再现在我的眼前。

她被我看得有些潮红，当我情不自禁地再次轻吻她那美人眼时，她侧身拍打我的脸，娇羞地说，好了好了，不许折腾了，起来吧。

我起身沐浴后更衣，她却从她带来的另外一个纸包里，一件件取出全新的一套衣裤袜鞋等。她把惊讶的我按坐在床上，帮我穿上内裤秋衣袜子，毛衣长裤外套，她甚至准备了一条梦特娇的皮带，缓缓地将我围上。

她打量着焕然一新的我，骄傲地笑着感叹，幸好还是原来的尺码，装配的还是那条好汉。

我看着镜子中完全陌生的自己，一时手足无措。她将我那些旧衣脏裤塞进那个纸袋，我急忙拦住说，呃，那些，我的，别扔了啊……

她帮我翻整着衣领，拉扯着衣襟，不断打量着我说：衣装反映人的精神。一切重新开始，扔掉过去的一切，我要你体体面面地在这个世界重新去打拼。换上这些，你看，照照，多精神。不要成天灰头土脸的，先就没了神。人穷不能倒志，虎死还不倒架呢。

我感激不安地嘀咕：这……这多破费，你太……太……唉！那些也别扔了好吗？那还是我从队里穿出来的。

　　她叹息说：不扔不扔，念旧也好。回头洗了，留着纪念吧，但你别再穿了。必须把你那身霉气换掉，你才能重新活过来。

枯木逢春

27.

/

　　那一年的恩施山城，还有如处深闺的处子般的娴静。冬日的清江，水枯如玉臂生寒，环抱着两岸蜿蜒起伏的市井人家。雾霭就在河面上漂浮，白茫茫如龙行天下。五峰山顶的连珠塔，在次第农舍的烟岚中忽隐忽现，一街的人稀稀落落，往来于途，游手好闲似的如懒汉庸妇。正是这样的悠然，还保持着上个年代的浑闲。

　　雯要带我去看看故乡风物，她希望我找回曾经的脚印。大街小巷中的二人行，有着外星人初来的不合时宜。我试图牵着她的手，却又被她委婉地拒斥。一切仿佛又回到了80年代的公母寨，羞涩、激动和克制。

　　她不时地指点，解说这里那里的变迁。若干年了，物换星移，人事全非，她正努力帮我找回对这个时代的感觉。而我，木然地跟着她的手指，懒心淡肠地打量着那些街景。我甚至不愿邂逅曾经的朋友熟人，内心有点紧张不安，畏畏缩缩得像一个初次上门探亲的女婿。

　　这个小城之于我，没有了亲人和家，竟如过客般陌生。如果没有雯的神奇再现于此，我几乎再也不可能在此驻足；即便是怎样的渴望稍歇倦羽，也不愿用那些回忆碰疼自己的神经。一座城池对于一个人的意义，很多时候，仅仅是因为那城里住着某个你牵情的人。

　　栖凤桥边的茶肆，还有着往日的淡红。

　　她看我有些倦意，也似乎对记忆中的巷陌有些畏惧和不屑，便拉我走进了那个茶亭。我还记得芭蕉乡的玉露银针，点了两杯。茶娘拿来茶叶玻璃杯和一个暖瓶，便自个儿走开了。在我把沸腾的水注入一只透明的杯子时，我听到一声呻吟从其底层浮起，我急忙端起那裂纹的茶杯查看，似乎看见其表情以一种液体的方式，缓缓浸出我的指缝。

　　整个冬天，好几个冬天，我都没有拂拭过一张泪脸了。而此刻我只能紧捏某块碎片——像执着于一段往事，以分担那肯定存在的灼痛。我注目着这只杯子的残骸，它因冷却太久而不堪这骤临的热烈——我仿佛面对爱情的废墟……

她拿起我的手，无言地吹气，生怕烫伤了我。她重新叫来茶娘换杯子，慢慢注入开水。茶叶在她的浸润之下，重新泛绿。我默默注视这杯茶，仿佛已经获得山野垂青。我感到那些裹紧的岁月，倏然展开在手上。仿佛春天的绽放，只需要一捧水，就能使生命踏过一次死亡。

这些浓缩了风霜的植物，一次次宰割仍生生不息的植物，被揉搓被碾压被肢解被炮烙被封闭被烫伤的植物啊，神奇地复活于瞬间，重新泛出青春之色。似乎苦难开始沉淀，一切都可以成为往事，都可以在回顾中宁静而淡泊。一杯茶，就这样在我的注视下，俨然进入人的寓言，成为我复活的秘药。

我们对坐品茶，深情相视如中学时代的少年。

面对昨天到今天这童话般的奇迹，我觉得我该要说一些什么了。总不能一切都已展开，却什么诠释也没有。她这些年究竟是怎样在生活，她是怎样来到这个城市？我们延至此刻的爆发，是否转瞬即逝的幻影？我不知道她的过去，就像我还看不清楚我的未来。我不能千里奔来，仅仅只是为了道别……

我不敢正视她的明眸，嗫嚅着低头说：我要是说谢，我深知，这是对你的亵渎！无论从前，还是今天，这个字我都不敢启齿。如果迟至现在，再来说爱，那我，我又没有这种勇气，这样似乎显得……

她沉重地微笑着，伸出右手食指摇摆。我接着说：别打断我，今天无论如何我要向你说清楚！丽雯，你应该知道，我一直都深爱着你，从中学人事初省到今天而立之后，即使在我短暂的婚姻之中，我都无法抹去你的影子。

从前在乡里，你委婉地拒斥着我，那时年轻幼稚，我还无法确认自己真实的内心，当然，也无法确证你的情感。因此，按你的要求和鼓励，我远走高飞了。我曾试图努力和你保持联系，而你却明显地回避，我无力改变这种宿命，只能在心里为你留一方净土，默默地纪念。

如今，多年过去，我惨败而归，我无颜去找你，自惭形秽。在我的故乡，我却只能像一个过客一样悄然逃遁。而你却又神奇地出现，并且对我如此用情，我现在终于可以认清自己的内心了——你正是我一生所向往的幸福。从前，我错过了你，或者说我放弃过追求；但今天，我不想再与你失之交臂。丽雯，并不是因为我落难了，一无所有了，才来向你表白……

她有些哽咽地打断我——别这样说，我懂！

我不管不顾地继续说：反而是因为我的现状，我却又羞于启齿了。我欢乐的时候，没有与你共享，我不能在苦难时，却要你来分担。但这次相逢，我不想再次失去你，让自己的心灵再次流浪找不到方向。因此，我必须在此刻告诉你，我爱你，还像一个高中生一样爱你！且比从前更深厚浓郁和成熟，这是一个饱经忧患的男人的表达，希望你能接受！

我艰难地说完这些，勇敢地抬头盯着她，垂死挣扎般等待她的判决。

她却不敢碰触我的目光了，侧身低头，泪痕滑过她皎洁的面庞。寒风拂面，那道泪痕像溪水般掀起波纹。她断续哽咽地说：我知道，我也……但……

我抢断她的话头说：别说但是，没有但是。我不知道你的现状，我深知我不能让爱来拖累你，但你要相信我，我能自食其力，能奋斗，还能努力去创造幸福来回报你。我想把父亲迁葬回他的老家后，就回来，回到你的身边。我要守着你，陪着你，在你身边重新站立起来。如果你不拒绝，我要娶回你，实现一个孩子的誓言！

我乞求地看着她，眼睛模糊得早已看不清她的面容了。

她陷入沉默，欲言又止，努力安静地擦干眼泪，叹息道：唉！多想回到80年代啊！那是一个纯情的年代，那时充满浪漫，毫无世俗……只有在那个时代，似乎一切才可能从头来过。今天，你虽如故，而我……我已非我了！时过境迁，物是人非，我们都不再年轻。也许昨夜，是一个错误，是我一生中从未有过的一次放纵！你听我说，当然，这是我的自愿。但我想这……这可能会误导你，反而使你迷失在这种放纵中。

丽雯，你怎么这样说？我有些不解地深究她。

她轻轻摇头，像是自言自语一般地喃喃说道：我不能再欺骗你，欺骗自己说我不爱你，不因为爱，我不会那样做。但这种爱，只是对已逝年代的一种找补，它只是一种确认而不是为了实现什么。简单地说，我也爱你，但我却不能接受你的爱，并不因为你现在穷困潦倒！

那又为何？

唉，其实，你应该懂，我都这么大了，不可能独身至今。我有自己的家，有自己的一份生活和责任。而你，也应该有你自己的未来，你也应该重新开始，我相信会有一份幸福在等着你！

我无法不好奇——他干什么的？你一夜未归会……

她忽然严肃地说：这些与你无关，我也不想告诉你。关于昨夜，我向你道歉。你可视为我的一次失德，也许，我不该那样误导你。

你怎么能这样说呢？丽雯！我一生都不会忘记，但我还是想知道……

别！我们都不是孩子了，雨波，你现在这样沮丧，只是因为你尚未从打击中恢复过来，你尚未真正地找回自己，还不足以理性地选择未来。我只是想帮你，帮你恢复一个男人的信心和魅力，你不久的将来，就会重新焕发的，我已经看到了你的潜质。

我有些不甘地强调：我是理性的，我就想这样选择，一个人不能两次错过他的爱情！

不，你不是！你现在只是一个过客而不是归人，你还有许多路没有走完，我不能让你迷失在这片小小草地。你可以在此小憩却不能耽误在这里。以后，你一旦找回你对这个世界的感觉，你才会懂得这些。雨波，不是我不爱，也不是我不想帮你，只是我们今生都已错过，一切从70年代就已被注定了……

她完全哽咽着说不下去了，掩面低泣起来。我若有所悟，也泪如雨下，转头窗外，看见那些香樟树，披着淡白的霜，沉默在小河畔。河水在冰凌下呜咽，我们这一代才三十出头，感觉突然已经年华老去。当年未曾抓住的命运，而今再也难得挽回。

我无可奈何地说：丽雯，我懂了，我现在没有资格在你面前坚持。是你第二次将我放逐，放逐到命途的荒原上，但我终将归来。尽管现在我一无所有，但我会经受住时间的考验，并夺回我本该拥有的东西——我们的血泪绝不会白流，对这块土地持久的爱，最终必将浇灌出花来。你看，那斜阳，你记住，在它的见证下，我告诉你——你始终是我最初和最后的爱，在我痛苦的心田中，你一直是我荒年中丰盛的晚餐，是回家的路碑，是漫长异乡路上黄昏点燃的灯盏……雯儿！总有一天，我要和你一起，重造我们被侮辱和践踏过的生命，重造一个再也不会被流放的时代……

我几乎用一个下午，说完了我憋了半生的情愫。话尽泪枯之时，人如大病初愈，顿觉中气全泄，颤颤巍巍四肢无力，像乱风中的纸鸢一样恍恍惚惚飘在人间。残阳如血，拉长了我们的身影。踏上清江桥，想起陆游的诗句——伤心桥下春波绿，疑似惊鸿照影来——忽然再次悲从中来。对岸便是昨夜的客栈，我突然想自己独自过河了。挥手便是歧路，我终要面对这样的离别。一个人的长路，我不能强拖着她来陪护。

我驻足，低语：明早，我就走了！

她说嗯。

也许永难再回了！

她还是嗯。

我有些决绝地说：你回家吧！明天，别来送了，我有点难以面对!

　　她无言以对，只能低头说：嗯，你先走吧。

　　我注视她一阵，欲言又止，毅然转身而去。

　　她目送我渐远的背影，忽然大叫一声：雨波。

　　我止步回身，傻傻地站着。她忽然奔跑上前，无言地帮我竖起我的衣领。叮嘱道：风寒，多保重!

　　她言罢眼圈一红，急忙低头转身而去。我看见她急匆匆的身子在风中颤抖，碎步轻跑着像一只受惊的小鹿。

28

夜的旅舍，故乡的湿冷沁骨。

我寂寞地斜靠在床上，迷惘沉思，烟头在黑暗中明灭。昨夜失而复得的狂欢，映衬着今天的怅然若失。命运仿佛再次给我开了一个玩笑，她的出现和消失，始终是我今生不解的谜团。没有人能告诉我，这些年她究竟是怎样过来的？她的一切我都没有来得及问，即便问她也似乎不肯对我细说。这是这个国家巨变的年代，她到底活得怎样，我想起昨夜同学的歌声——谁把你的长发盘起，谁给你做的嫁衣？

天何薄我？为什么总不能彻底拉住她的裙裾。我回想起公母寨的时光，那条无名的河流，吊桥，渔网上挂住的小鱼。当年那些挣扎迄今还未结束，似乎注定今生我都要在她的唇间滑过，再也不能将错过的岁月抓住，夺回我们本该享有的春天。

忽然几声怯怯的叩门声将我唤起，我迟疑地开门，门外赫然站着雯。凉风冻红了她的鼻尖，她羞怯地看着我，又赶紧低头捏着自己的手指。

啊！你怎么又来了？你还有……

她猛然扑进来抱住我，呜呜失声地低泣说：我不能丢下你不管，不能不管，你太苦了！我不能让你在故乡还这么孤单……

那夜的情形一如末日的盛宴，我们都沉醉在洪水滔天的灭顶之灾前一般，分享着生命的华贵与凄美。她用她温润的舌尖，堵住了我的一切问题，只是贪欢般地尽享这残破青春。

早上的太阳不合时宜地来临，山城冬日的暖阳，此刻显得那么无情无义。飞机追着阳光如约而至，大放悲声地轰鸣而降。临近年关了，出站的都是归客，而候机出山的则寥寥无几。

在那清冷的候机室，只有一架飞机的机场，一切都暗示着孤绝。

她看着大包大包归来的阔人，感叹说：都是回家过年的人啊！

我拎着父亲的骨灰，以及那一包换下来的旧衣服，对她说：快登机了，你回吧，我走了！

她不管不顾地紧抓着我的衣袖，欲紧又松，依依不舍地看着我。

我宣誓似的说：丽雯，我爱你，请记住，我遥远地爱着你，永远地！

她突然抱紧我，抽出一个信封塞进我的衣袋说：我给你的信，上机再看吧！祝平安！

说完她猛然转身，疾步走出候机室，我一步一回头地走向安检口，再也看不见她的倩影。

我落寞登机，飞机轰然起跑升天而去。我在舷窗里仔细地看着候机室外的广场，那里孤独地站着她，对着蓝天轻挥手臂。我顿时泪如泉涌，这是一个怎样善良美丽的女人啊，就这样消失在我的航线里。

我俯瞰着窗外的家山渐远，闭目沉思，忽想起兜内的信封。取出拆开，露出一沓人民币及一封短信，展开阅读，看见泪水溅落的纸面如陈年梅花一般的斑斓。

她说——雨波，请原谅我没有留你，在这万家团聚的时候，我却将孤单无依的你再次放逐到路上，这，也许是我永难救赎的大错！我不能企求你在今天理解，甚至这个世界也无人可以理解，我何以如此残忍；应该说，这同时更是对我自己的残忍。

但只有我明白，你是那种为道路而生存的天下客，你必须行走才会有意义。当你一旦止步不前时，你就被生活永远地弃绝了。你现在也许渴望港湾，但这只是暂时的小泊，在你舔血疗伤之后，你不会甘于这种平庸生活。

如果因我而使你自断羽翼，我会更觉罪不可恕。我只是一个普通的女人，也许曾有过与你相似的梦，但大相径庭的命运，却只允许我享受这种宁静淡泊的生活。我不能奢求与你相随，即使我今天对你的爱更甚于从前，我也没有勇气对你说留下吧或带我走！

我只能给你这么多了，雨波，这菲薄的帮助毫不足以支持你的漫长旅程。但你要记住，你是一个男人，从此开始，你必须重新站立起来，去创造，去打拼一份属于你自己的生活……

你走了，我将重归我的平静生活。这两天的日子也许足以感动世界，却无法改变两个人的宿命。这两天我已透支了我的一生，再也无力承担一份思念了。如果还有爱，最深的爱莫过于埋葬于心。我对你一无所求，唯一的期望是——我要你答应我，从此给我永远的宁静，将我遗忘在出行的起点……雨波，从此从此，你好自为之！

29.

/

　　数年后的京城，我也混成了一个装模作样的所谓成功人士。

　　我们那一代在红尘中摸爬滚打，打情骂俏，似乎再也正经不起来。但每每华筵阑珊半夜酒醒之后，又总是心中耿耿，恨不得闻鸡起舞，为青春往事悲愤填膺。

　　那已经是又一个世纪开始了，我从歌厅醺然返邸，开门进屋，沏一杯茶，懒洋洋地摁响电话留言。忽然传来女同学向玉娥的声音——雨波，我是向玉娥，丽雯因癌症于昨日去世，你是否要回来为她送行？

　　我如雷轰顶，茶杯失落一声脆响，满地都是泪水。我连放三遍录音，然后急忙收拾简单行装，换上一套黑衣，夺门而出，一脸凄苦地驱车狂奔。

这些年来我遵嘱努力不去打扰她的生活，我只是悄悄地委托向玉娥帮我关注，希望她能转告我一些情况。但是向玉娥也很少和我联系，似乎期期艾艾地不愿多说什么。在那漫长的曲折山路上，我一点一滴地回忆丽雯的每一个细节，泪水时断时续地模糊我的视线。

按照玉娥的电话指引，我直奔丽雯设置在公母寨的灵堂。根据她的遗嘱，那里曾经埋葬了她的父亲，而今她的葬礼正依土家族习俗，也将在那个并非故乡的山寨进行。最后的坐夜，乐手凄凉的唢呐箫鼓，歌师嘶哑低沉的吟唱，跳丧的舞者击鼓绕棺而舞。吊丧的客人络绎而来，像一场盛大而又悲壮的歌舞晚会。除开她的女儿在灵前跪伏，我没有看见任何她的亲人在其中。

她已经被钉进了那口黑漆漆的棺木，最后的一面我也不可再得。我随着跳丧的巫师徘徊在她的棺木边，轻叩着那沉重的木头仰天歌哭——

　　果然连正午之光尚未饮及，
　　夜潮便席卷而来了撒阳嗬，

又席卷而去时带走了一只鹰，
和纷扬的三十六片苍翎。
那一天便这样从旅途上，
轻易地撕走了撒阳嵧。

已经够了，这环行的岁月，
还有什么比那招摇的黑旌，
更叫人胆怯地向往啊撒阳嵧。
由于有了这恒星般的勾引，
生命才拓开了另一个空间，
创伤的轨道才迈进了永恒之门。

我想起那些因死的惨白，
而被镀金的面孔，
直面浓夜时该怎样
匍匐在丧钟的最后一击里，
任九头鸟血祭起最新式的黎明。

巨岩被肢解了，刈割成碑林，
世界正降半旗。
然后任风雨腐蚀，

又返祖为石头。
啊，就是这些无神的原子，
在概括人生之征么？

那么，请覆盖吧撒阳嗬，
以你幕天席地的一片；
裹挟起这些光和水，
这些生命赖以依托的物质，
就把他们最后摧灭在，
太阳的失约里。

终于鼓声偃息，
把九十九双哀伤的指头解散，
还原为处女林带啊撒阳嗬。
就这样合上心音，
这是人生真正的底幕啊，
被合上被合上被……合……上

呜啊撒阳嗬撒阳嗬撒阳嗬
撒……阳……嗬……

凌晨，送葬的队伍抬着灵轿，喊着丧歌号子蜿蜒而行。每当停棺小歇时，就见向玉娥及另一女同学扶着那个十多岁的小女孩跪立棺前。

落棺于穴，众人掩土。丽雯女儿悲苦的哭声令众人下泪。送丧队伍远去了，我独自留在那新坟前，长跪于黄土上掩面大哭。半晌，向玉娥赶回来，扶起我坐于墓基石阶上。

她说：雨波，人逝灯灭，你还要节哀自重！

我有些怪责她，为何从未告诉我关于丽雯的病情。

她非常内疚，有些嗫嚅着说：我们原来都不详知你们究竟是怎么一回事，雯病了，我说你一直要我关注她，并报告她的情况。她坚决不许我告诉你。直到临走前她才告诉我，关于你们的一切。我真为你们感到惋惜！

我有些怨尤地说：都癌症了，无论如何你也该告诉我啊。

她叹气说：我也是要尊重她的愿望，有件事，现在我想告诉你，又怕更残忍了……

我急忙说：求你别再瞒我了好吗？关于她的一切，你都告诉我。

她说：这件事，你现在真应该知道。其实，你出狱后回山见到丽雯时，她正寡居。她的丈夫是州城汽运公司的一个司机，婚后不久就出车祸去了。她太爱你，却又不想拖你留在山中，所以没有告诉你……

我如雷轰顶——这！怎么一切会是这样？她怎能这样？我以为……

她缓缓劝慰我说：你知道，她是好人，也很固执，她都是想成全你。你也别痛苦了，雨波，你能这样赶回来，她知足了！她给你留了一封信，说如果你回来，就让我转交给你；如不回，就让我在坟前烧掉，现在给你吧！

我急忙接信展开，发现却是20年前上高中时我偷放在她书包中的那封信。她保存得完完整整，连折痕都是我当初的样子。只是那些墨痕已经泛滥，还有一些原不曾有的泪痕，像模糊的泪眸一样张望着我的失魂落魄。我恍然大悟，再次陷入深不可拔的沉痛之中。

接下来的日子，我留在那里陪她度过七七之期。我从向玉娥那里知道了更多她的往事，那些她从不肯对我言说的凄苦一生。她的亡夫是外地人，自从殁后，夫家再也没有和她有过联系。她的孩子成了孤儿，委托给玉娥照顾。

我和玉娥回到州城那个小学，站在接孩子的人群中，张望着放学出门的孩子。

玉娥感叹：丽雯太苦了，留下这个孤儿，真不知她心有多苦！

我坚定地说：我要把她带走，玉娥，谢谢你了！你要相信我。

她说：这样也好，只能这样了。

那个手缠黑纱的女孩凄楚地走向我们，我俯身抱起酷似妈妈的她，泪如雨下……

孩子叫茹寒，一天天在京城长大。又一个生日，烛光，蛋糕，我努力让她不去流泪怀念母亲。一个吉他手在远处歌唱，我们情同父女，言笑饮食，我忽然被吉他手的弹唱震动，呆住不语，陷入了回忆。

这正是我当年在山中乡镇为丽雯弹唱过的歌曲——

多幸福，和你在一起，
直到生命结束也不能忘记你……

我招手叫过吉他手，塞给他一摞钱，乞求道：请为我们再弹唱十遍好么，就这首曲子！

吉他手在一边深情弹唱，我伤感地注视着疑惑的孩子。

面对她清澈的眼睛，那酷似丽雯的眼睛，我沉重地说——

孩子，当你大了，我将给你讲，你妈妈的故事！那些关于1980年代的，遥远的，但你必须知道的故事……

初稿于2003年　北京

改定于2013年　科隆莱茵河畔

讲故事的手艺人

一

　　童年时，曾经跟着父亲在一个煤矿，晃荡过不少日子。

　　那时国家正在动乱，煤矿一边批斗我父亲，一边仍然还是在产煤。运煤的矿车像恐龙一样哐当哐当从黑森森的矿井里爬出来，那情景每次都让我有些惊吓。各地的煤矿发展到今天，依旧有层出不穷的矿难，就不要说那时我父亲管的国营小煤矿了。不断有一些幸存者变成了残疾人，聚居在矿山的小医院里，年纪轻轻就开始养老。

　　每个人都会惊叹岁月如梭。但对于那些健康的青年，忽然就瞎眼或跛足了；很早就开始要向暮年一瘸一拐地摸索前进，那确实是一场十分漫长的折磨。

他们吃饱喝足，百无聊赖，对病房之外的阶级斗争已然毫无兴致。他们甚至互相之间都有些厌倦，彼此偶尔还会嫉妒对方身上尚还健全的一些部件。最后，他们几乎唯一的兴趣，就是对我这个时而到访的孩子讲故事。

现在回头看来，一个人洞穿了自己的未来之后，剩下的就是对往事、故事的热衷了。在那些可以短暂遗忘伤痛的回顾中，他们似乎开始暗中较量记忆和叙述的能力。比如同样讲水浒，每个人接着一回一回地说，结尾都是且待下回分解，但前面的叙事那真是高下立判。

而我最爱听一个姓陈的跛子摆古。他是一个端公（土家族巫师）的儿子，讲江湖豪杰能把一个孩子听哭，我从他这里最先迷上了"故事"。以后，在同样漫长的成长中，我也开始悟出了一些讲故事的手艺。

二

在我们那个偏远蛮荒的武陵山区，民国年间曾经从湘西那边走出去过一个青年，他叫沈从文。他没有上过大学，到了北京的胡同大杂院赁居，冬天拖着鼻涕就开始写作。那时新文学运动开始不久，所谓的各种文体，还没有后来的各种教材规定的那么严格。他投稿换钱，自称是一个讲故事的人。他的故事很快打动了很多人，因为白话文里还没有这么一个独特的支脉。那时的报纸副刊发表，也不分类注明他写的是什么体裁。大家觉得文风独特，好看，就能赢得青眼和喝彩了。

他留下了太多好文章、好故事，当代的人再为他编辑出书，常常茫然于不知道怎样为其中一些文章分类。比如《阿金》，比如《田三怒》，一会儿收进他的散文集，一会儿又收进他的短篇小说集。因为在他这里，就是故事，你很难分清文体的区别。这样文章的好，也就是叙事语言本身好，讲故事的手艺好。你要论故事本身，实在是简单至极。

沈从文先生的《边城》，作为中国现代文学史的名著，终将巍然屹立到遥远。一对乡下爷孙相依为命的生活，还有两兄弟隔着河水在对岸远远地暗争暗恋。这两个男人几乎都没怎么出现在字面上，最后都没爱成，姑娘独自留在了岸上。就这么简单的故事，被先生讲得水远山长，读得人柔肠寸断，千古怅然……

有这么一部《边城》摆在那里，使得多少人兀自汗颜，不敢轻碰中篇故事了。

三

我这里以"我"的名义，讲述了一个关于爱情的故事。

这两年流行着美国小说家雷蒙德·卡佛的一本书——《当我们谈论爱情时我们在谈论什么》。面对这一名言，我也时常在质问自己，在全世界无数最精巧的爱情故事面前，你叙述的爱情，究竟想要表达什么？难道仅仅是男欢女爱的又一次感动？

爱情，在今天这一奇怪的时代，俨然已经是一件羞于启齿的俗事。谈论它或者写作它，似乎都有点恬不知耻的味道。这件本应严肃的事情，忽然变成了昆德拉笔下的"好笑的爱"，如果再来讲一个老套的悲情故事，是否完全不合时宜呢？我痴迷于这个故事已经十年，真实抑或虚构，都渐渐在不断的质询里变成了回忆的一部分。对了，就是回忆，使我日渐明白这个故事的真正意图，是在追忆那个隐约并不存在的年代。

我们这一辈人从那个被淹没的年代穿越而来，即便桂冠戴上头顶，但仍觉荆棘还在足尖。多数的日子看似谑浪风尘，夜半的残醉泪枯才深知内心犹自庄严。一个世纪中唯一凸显干净的年代，让我辈片叶沾身，却如负枷长街。每一次回望，都有割头折项般的疼痛。我知道，当我们谈论爱情时，我们最终是在薄奠那些无邪无辜无欲无悔的青春。

事实上，每一个年代的爱情，都有各自的历史痕迹。50年代的单纯，60年代的压抑，70年代的扭曲，80年代的觉醒和挣扎……再看看90年代的颓废和新世纪以来的严重物化，大抵可以印证不同年代的世道人心。

世界上多数人的爱情，都是为了"抓住"。抓住便是抵达，是爱情的喜宴；仿佛完成神赐的宿命，可以收获今生的美丽。我在这里讲了一个不断拒斥的故事，这是一个近乎残酷的安排，乃因这样的爱不为抵达，却处处都是为了成全。这样的成全如落红春泥，一枝一叶都是人间的怜悯。

正因当下的不可思议，才觉得这样的爱情太过虚幻。古旧得像一个出土的汉镜，即便锃亮如昨，世人也是不欲拿来对镜照影的——那容易照见此世的卑微猥琐，和种种不堪。

四

怀旧，是因为与当下的不谐。才过去二十几年的风物，一切又都恍若隔世。我们不得不坐在时光的此岸，再来转顾那些逝去的波涛。

一般来说，每个作品都隐含着作者自己对历史的理解，以及同情和纪念。这样一个简单的故事，不太容易承载太多的人物命运。但是，即便是一晃而过的那些草根小人物，同样寄托着我的生活、阅历和理解。那个曾经奉旨造反的老人，那个做饭的平反"右派"，无一不是源自于那个时代的草野。正是这些没名没姓的悲剧人物，构成了我们的当代史。

昆德拉说：一切造就人的意识，他的想象世界，他的顽念，都是在他的前半生形成的，而且保持始终。

我这一代人之所以始终无法超越80年代，也因为那个光辉岁月，给了我们最初的熏陶和打磨。那些被发配流放和无视的长辈，都活在那时。他们给了我们认识世界的遗训，使得我们不再蒙昧于天良。而今，那一代已经凋谢殆尽，而我们也开始要步入残阳斜照了。我在半生颠沛之后，重新拾笔掌灯之际，生命似有慌张夺路之感。翻检平生，找寻那些残破的人世经验，仿佛仅为提示后生者——我们确实有过那样近乎虚幻的美，哀伤孤绝，却是吾族曾经的存在。

2013年当我来到德国科隆，与少年时就从诗歌中熟悉的莱茵河朝夕相对时，我忽然再次想起了这个故事。我很少有这样的安静时光，独酌在花树之间，徜徉于那亘古之河流岸边，遥望祖国曾经的悲欢。我觉得该要完成这样一次诉说，与水声合拍的娓娓道来，伤悼那些不复再现的往昔岁月。

这样的怀旧是如此简单朴素，在那被打开的历史折扇上，仍然还有风声如怒。

如果这样一个没有太多悬念的小说，还能被今天的读者理解和垂赏，那是我的荣幸，更是意外之喜。谨在此，感谢孕育了这些人物和故事的故乡；感谢所有宽容的读者；感谢青眼有加的编辑和出版社。还要感谢科隆世界艺术学院，是他们给了我一个短暂安宁思考和写作的机会。

野　夫
2013年春天于科隆莱茵河畔

读行者

"读行者"是由中南博集天卷文化传媒有限公司精心打造的思想文化类图书品牌，主张"从阅读走进现实"，立意是为文本、作者和读者打造沟通交流平台，分享读书人对历史文化、现实人生的思考与感悟。以下为读行者出品的重点作品：

《青春，我们逃无可逃》
（2013年11月上市）康　慨/著

北大雅痞半自传体青春成长小说，献给残酷世界里尚未放弃理想的你我

| 野夫、周濂、蒋方舟、张鸣、王小山 | 联袂推荐 |

真正的英雄主义，是认识生活的真相后依然热爱生活

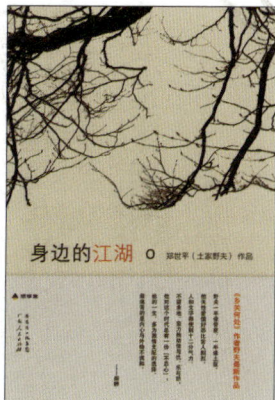

《身边的江湖》
（2013年8月上市）野　夫/著

台北国际书展"非小说类"大奖得主，"一半像警察，一半像土匪"的野夫最新散文集

| 柴静、刘苏里 | 撰文推荐 |

民间著史，抵抗遗忘，召唤社会的情义、正义、道义

读 行 者